카를 고틀로프 셸레Karl Gottlob Schelle(1777 ~ 1825)
독일의 철학자이자 작가. 임마누엘 칸트와 가까운 친구였다.
독일의 할레에서 고대 언어를 가르치는 교수였고,
라이프치히에서는 가정교사로 일했다.
18세기 말과 19세기 독일에서 일어난 '대중 철학' 운동의
일원으로서, 철학은 삶의 영역에 친밀하게 다가가야 하며
가식 없이 사람들을 즐겁게 해 주어야 하고, 철학과 무관한
영역에서도 그 가치를 느낄 수 있도록 고매하게 정련된
인간정신과 조화를 이루어야 한다고 주장했다.

문항심
이화여자대학교를 졸업하고 독일 베를린 훔볼트대학교에서
마기스터 학위를 받았다. 베를린 자유대학 도서관과
훔볼트대학교 도서관에서 근무했다. 현재 독일에 거주하면서
독일 글을 좋은 우리말로 옮기는 행복을 누리고 있다.
『버자이너의 모든 것』『자기 결정』『삶의 격』
『페터 비에리의 교양 수업』『자유의 기술』『인간의 발명』 등
20여 권을 번역했다.

산책하는 법

산책하는 법

걸으면서 되찾는 나에 대한 감각

카를 고틀로프 셸레 지음

문항심 옮김

예술 비평가들께

산책의 즐거움을 알리는 철학

지금 철학은 여전히 일방적으로 사변의 영역에 머물러 있으며, 아직도 극소수 사상가만이 삶의 대상들 앞에 겸손한 태도를 취하고 있습니다. 몽테뉴, 프랭클린, 흄과 같은 정신세계를 가진 사람이 한 명 있다고 한다면 그 반대편에 선 사변적 사상가는 수백 명이 넘을 겁니다. 이러한 비율은 분명 자연의 목적에 반하는 것입니다. 철학적 사변으로 위대해진 이 나라는 이제 오히려 그로 인해 고통을 받고 있습니다. 가르베●나 엥겔●● 같은 철학자들이 좀 더 많아져서 실제로 삶에 필요한 것을 연구하는 학문과 이성을 탐구하는 학문을 조화시킨다면 매우 바람직하겠지만, 결단코 철학과 아무 관

● Christian Garve, 1742~1798, 칸트와 더불어 계몽시대 후기의 유명한 철학자. ―옮긴이

●● Johann Jakob Engel, 독일 계몽시대 철학자이자 작가. ―옮긴이

련이 없는 사람이라고 할지라도 모두가 이 사변의 병에 걸려 있는 것이 지금의 현실입니다.

철학은 일반적으로 삶과 세상에 적용됨으로써 그 영향력을 증명하고 설득력을 갖습니다. 철학 자체는 인간의 포괄적 영역을 비옥하게 하는 씨앗을 담고 있을 뿐입니다. 다양한 삶의 대상에서 이러한 씨앗을 발아시키고 키우는 것이 실천철학자의 임무입니다. 사변적인 철학에서 흔히 주장하는바 철학은 대원칙만으로도 어디서나 모자람이 없고 따라서 이러한 발전이 필요 없을 것 같아 보이지만, 진실은 결코 그렇지 않습니다. 모든 특정한 대상은 그 자체의 본성을 가지고 있으며, 이성의 존재를 염두에 두어야만 도달할 수 있는 특정한 탐구를 낳습니다. 철학자로서 이런 종류의 탐구를 하는 사람은 탐구의 대상을 이성의 요구와 일치시킵니다. 철학은 삶의 영역에 친밀하게 다가가야 하고 즐거움을 찾는 사람들에게도 가식 없이 자신을 제공해야 하며, 고매하게 정련된 인간 정신과 결합할 줄 알아야 합니다. 그래야 비철학적 세계가 철학의 가치를 인식할 수 있고, 철학은 교양과 지식을 갖춘 사람들의 마음을 얻어 널리 그 영향력을 전파할 수 있습니다.

이 책은 철학이 절실히 필요한 세상에 철학을 소개하는 데 자그마한 기여를 하기 위한 것입니다. 철학의 정신 안에서 실용적이면서도 결코 사소하지 않은 주제를 다루려는 의도로 쓰였습니다. 그렇다고 하여 위대한 문학작품을 흉내 내거나 그 형식을 차용하려는 태도를 통해 무언가를 강요하지는 않습니다. 아무리 좋은 것이라도 내가 하지 않는 일을 남에게 강요하는 것은 불합리합니다. 마음속에서 우러나는 진실을 바탕으로 불쾌하지 않은 방식을 통해 자신의 뜻을 전하면 그것으로 충분합니다.

교양인을 위한 걷기의 기술

너무 당연해서 말할 필요가 없어 보이거나 방법론을 굳이 따질 필요가 없는 것처럼 보이는 것들이 있습니다. 언뜻 생각하기에는 산책도 그중 하나인 것 같습니다. 그러나 이는 겉보기에만 그럴 뿐입니다. 굳이 오랫동안 깊이 사색해야 산책의 이면이 보이는 것은 아닙니다. 사람들에게 둘러싸여 즐기는 도시 산책은 자연에서의 산책과 완연히 다르다는 것을 누구나 느꼈을 것입니다. 걷기와 이동수단 타기의 즐거움이 동일하다고 느끼는 사람이 있을까요? 각자의 경험을 통해 이러한 즐거움의 특징을 몸소 느껴 보지 못한 사람이 누가 있을까요? 산비탈, 계곡, 초원, 숲을 언제나 똑같은 방식으로 걷는 사람을 본 적이 있습니까? 망망대해에서 단조로운 물의 세계를 바라볼 때나 아무것도 구분할 수 없는 깜깜한 밤을 상상해 보면 알 수 있습니다. 자연과 인간 사회에서 얻는 가지각색의 인상이 결국 모두 똑같다면 걷는 것은 세상에서 가장 쉬운 일이 될 겁니다. 하지만 결코 그럴 수는 없습니다. 마냥 똑같은 몽상에 빠져 걸을 수는 없는 노릇입니다. 걸으면서 여러 가지 느낌과 생각을 향유하고자 하는 것, 다양하게 얻는 즐거움의 본질을 통찰하여 몸소 그것을 누리고자 하는 욕망은 매우 자연스러운 것입니다. 그래야 맹목적으로 그저 걷기만 하는 행위를 피할 수 있습니다.●

산책에서 얻는 다양한 느낌과 인상에 따라 자신이 어떤 즐거움을 느끼는지 명확히 분간하고 그 즐거움을 더 명확하게 의식하며 매번 자신에게 가장 적절한 다양성과 선택의 이유를 개발하는 것이 산책의 기술입니다. 그런데 산책의 기술은 단지 '기술'이라는 개념에 대한 잘못된 생각 때문에 편협하게 받아들여질 우려가 있습니다. 기술이라는 좁은 의미에만 매달린다면 산책

● 신체 건강의 측면에서 볼 때 걷기는 분명 효용이 있습니다. 그러나 정신적인 면을 중요시하는 사람은 신체적 효용과 정신적 효용이라는 양면을 인정하기 때문에 기꺼이 산책을 나가는 것입니다. 신체와 정신은 껍질과 씨의 관계와 같습니다. 우리가 춤을 출 때 느끼는 즐거움은 손발의 움직임 때문이기도 하지만 그 동작을 할 때 느껴지는 영혼의 다양한 감정에서 훨씬 더 많이 기인하는 것은 아닐까요?

을 할 때 매번 이 책을 붙들고 산책의 본래 의미가 무엇인지 생각하고 느껴야만 하는 것처럼 보일 수 있습니다. 하지만 그것은 기술이 아니라 굉장히 부자연스럽기 짝이 없는 강요가 될 것입니다.

사교의 목적을 가진 산책뿐 아니라 자연을 충분히 느끼고 즐기면서 하는 산책에 가치를 두는 교양인이라면 걷기의 기술에 관심을 가질 터입니다. 삶에 단순한 놀이 이상의 가치를 두는 사람이 그 인생을 살아갈 때 필요한 기술 또한 엄연히 존중받고 신경을 쏟아야 할 대상이라고 여기는 것처럼 말입니다.

노동과 휴식, 진지함과 놀이, 일과 즐거움 사이를 잘 넘나드는 삶의 기술을 발휘하며 살아가는 사람의 일상에는 산책이 든든하게 자리 잡고 있습니다. 오로지 신체 활동만 하거나 반대로 정신 활동만 하는 사람들, 지쳐 떨어질 때까지 노동하고 멍한 꿈에서 휴식을 찾는 사람들, 다소 과격하더라도 사실대로 표현하자면 지나치게 외골수로 살거나 하루하루 닥치는 대로 살아가기 바빠서 진정한 인간다움을 영위하지 못하는 사람들처럼, 인간 존재의 자연적 궤도에서 이탈된 이들에게 산책의 기술은 멀고 먼 이야기입니다. 정신 활동이 부족하거나 반대로 고상한 쾌락만을 추구하는 이들, 육체 또는 정신 중 어느 한쪽에 치우친 삶을 사는 이들에게 산책의 즐거움은 인간사 전체를 아우르는 삶의 기술 못지않게 여전히 이해하기 어려운 것으로 남아 있을 수밖에 없습니다. 고대 로마인들은 인간의 특성에 대해 말하기를 '살아가는 데 필요한 걱정과 생업을 뛰어넘어 무언가를 보고 받아들이고 배우려는 욕구가 있는 상태'라고 했습니다. 이런 특성을 가진 사람은 정신적 추구와 육체적 추구를 어떻게 연결해야 하는지 알며, 좋은 음식을 독식하기보다는 조촐하더라도 사람들과 어울려 나누는 식사를 선호합니다. 이렇듯 인간됨에 대한 교육을 받은 사람은 산책이 무엇인지 이해하고 교양이 산책과 무슨 연관이 있는지를 스스로 잘 생각해 보는 능력을 키웁니다.● 이 책을 통해 독자들이 자신의 소중한 삶의 일부를 허비한 느낌 없이 산책의

● 산책의 기술에 대해 반대 의견을 내세우는 사람은 아무 근거도 댈 수 없는 다음과 같은 주장을 펼칩니다. 나는 각각의 반박에 대해 다음과 같은 답을 줄 수밖에 없습니다. "산책은 사치 그 자체다. 걷기에 소비되는 시간은 경제적·자원적 손실을 자초하는 시간이다." 이는 산책을 금전적 이득이 발생하느냐 그렇지 않느냐 하는 잣대로만 판단하는 질문입니다. "산책은 세상에서 가장 쉬운 일이다. 건강한 두 발만 있으면 된다. 대체 그것에 대해 무슨 글을 쓴단 말인가?" 물론 발은 놀라운 일을 하며, 기왕이면 네발이 훨씬 더 좋을 겁니다. "나한테는 산책의 기술이나 잠자는 기술이나 매한가지다." 그렇다면 걸으면서 잠에 빠지는 게 어떨까요, 몽유병 씨!

즐거움이 주는 대강의 큰 줄기만이라도 이해하게 된다면 저자로서 큰 보람이겠습니다.

{1}
들어가는 말

자신의 궁극적 목표를 이루기 위해 이성理性이라는 본성을 효과적으로 활용하며 살아가는 삶, 그리고 물리적 존재로서의 욕구를 충족시키는 삶, 이 둘의 조화가 두 세계를 동시에 살아가는 존재를 나타내는 말일 것입니다. 이는 인간으로서의 존재양식을 결정짓습니다. 이 특성 때문에 우리 안에 있는 물질적인 것과 정신적인 것이 서로 지대한 작용을 주고받을 수 있는 것입니다. 이성적 존재라는 생득적 특성을 부여받은 우리 인간은 자신의 정신적 활동이 꾸준히 성장하길 소망하며 가능한 한 자신의 존재 전체가 확장되기를 바랍니다. 육신이라는 물리적 제한이 주는 옭아맴에서 가능한 한 멀리 벗어나기를 원합니다. 그러나 인간이 물리적 존재라는 사실이 이성의 활동을 인생살이의 모든 면에서 제한한다는 점 또한 부정할 수 없습니다. 우리는 기후, 음식, 몸의 움직임, 휴식 그리고 수면 등 신체적·정신적 수고로움에 묶여 있습니다. 다른 것들과 달리 우리가 물리적 존재이기 때문에 오는 제한들 가운데 대부분은 우리 인간이 어찌할 수 없는 것들입니다. 인생 절반을 채 살기도 전에 우리는 이런 점을 몸소 느낍니다. 자신의 존재를 느끼고 사고하고 행동하면서 이를 점점 인지하게 되는 과정이 바로 우리의 삶이기에 그렇습니다.

물리적 존재로서 우리가 느끼는 대부분의 제한은 신체적 움직임에 관한 것입니다. 물론 움직임은 음식이나 잠 같은 생명 유지의 직접적 조건은 아닙니다. 움직임이 완전히 결핍된 삶이 내적 활동성에서 오는 생기를 빼앗아 죽음과 다름없는 상태로 몰고 갈 수는 있다고 해도 말입니다. 수년간 감옥에 갇힌 죄수처럼 몸을 움직이지 않는 이들도 곧바로 죽지는 않습니다. 이와 같이 몸의 움직임이 생명의 직접적 전제 조건은 아닙니다. 하지만 간접적 조건은 될 수 있습니다. 움직임은 몸의 건강, 즉 육체적 안녕을 위해 절대 없어서는 안

됩니다.

그러나 움직임이 좌지우지하는 것은 육체의 안녕뿐만이 아닙니다. 정신의 행복도 몸과 정신이 서로 주고받는 영향으로 말미암아 움직임에 크게 영향을 받습니다. 연구에 정진하는 학자들이나 건강한 이성을 비웃는 크리스트교 수도회 사람들에게 육체 활동이 적은 이유가 나름대로 있을 것입니다. 몸을 거의 움직이지 않거나 폐쇄된 실내 공간에서 답답한 공기만을 들이마시며 살아간다고 해도 건강한 이성이 즉시 사그라지는 건 아닐 터입니다. 그러나 이런 생활은 아무리 이성의 힘을 전부 끌어 쓴다고 해도 결국은 쇠약한 정신을 만들어 내고 맙니다.

몸과 정신이라는 두 측면에서 신체적 움직임은 심신 건강에 빠져서는 안 될 요소입니다. 그러나 이것은 신체적 차원에서 그러할 뿐 정신적 방식은 아닙니다. 몸을 움직인다는 것 자체는 정신의 활동이라든지 직접적 이성의 작용과 연관성이 거의 없습니다. 몸이라는 제약을 가진 존재에게 살아 있는 동안 인간으로서의 존재를 보존할 수 있게 만드는 필수 불가결한 도구일 뿐, 그 어떤 정신적 목적도 이루어 주지 않습니다. 다시 말해 움직임이란 잠의 경우에서처럼 아예 없으면

안 되지만 그렇다고 지나치게 많아도 우리가 살아 내고 싶은 진짜 삶을 낭비하게 만드는 그런 요소인 것입니다. 만약 산책이 이러한 제한된 가치만을 갖고 있다면 정신에 주는 이득은 전혀 없을 것입니다. 그럴 경우 이런 단순히 기계적인 동작, 그 어떤 정신 작용도 허락하지 않는 물리적 효과에 대해서는 굳이 더 깊게 생각할 필요가 없을 터입니다. 그러나 산책은 결코 몸에 관한 것만은 아니며 정신의 가치를 끌어올리는 행위임이 분명합니다.

{ 2 }

산책은 몸의 움직임 그 이상이다

산책은 정신은 그저 가만히 있는 채 몸만 물리적으로 움직이는 행위가 아닙니다. 만일 산책하는 이가 움직이는 기계이고 몸이 움직이는 동안 정신은 조용히 쉼터로 가 있다고 가정한다면 산책은 그것이 가진 모든 매력을 모조리 잃고 말 것입니다. 정신을 가꾸지 않는 천한 사람이 아니라면 산책을 해야 하는 이유는 아주 분명합니다. 산책의 매력이 내미는 손에 이끌리고, 이것이 주는 정신의 욕구를 채우려면 일정 수준 이상의 교양, 결코 아무나 소유하지 못하는 사상적 바탕이 필요합니다. 그래서 하루하루 그저 생각 없이 겨우 먹고 살기에 급급한 이들은 산책의 즐거움을 온전히 누리기 어렵습니다. 정신을 활동시키지 않는 자, 그리고 정신을 쓰더라도 그저 기계적으로 수행하는 자도 이에 해당합니다. 배움에 힘쓰는 사람이라면 이런 황폐한 상태를 견디기 어려울 것입니다.

그렇다면 산책을 할 때 정신이 맡는 본래의 역할은 무엇일까요? 또 정신은 산책의 어떠한 면을 채워 줄까요?

정신이 하는 일은 다음과 같습니다. 정신 활동을 신체 활동과 연결하는 것, 기계적 운동(즉 걷기)을 정신적 활동의 차원으로 끌어올리는 것입니다. 여기서 끝나지 않습니다. 신체의 움직임은 정신에겐 휴식이 되며 신체 건강 자체에도 도움이 됩니다. 허나 여기서 정신을 너무 혹사시킨다면 심신 건강이 누리는 이익은 사라질 수 있습니다. 그러므로 산책을 할 때 사색에 너무 기술적으로 몰입하는 것은 진정한 산책이 아닙니다. 정신이 회복하지 못하고 오히려 새로운 부담을 떠안을 수 있기 때문입니다. 산책을 할 때 과하게 머리를 쓴다면 심신의 노동이라는 이중고를 겪어, 몸이 튼튼해지기는커녕 지치고 쇠약해질 수 있습니다. 산책을 할 때 우리의 정신은 산책을 둘러싼 것들에서 여유로운 사고의 대상이나 생각할 거리를 스스로 찾을 수 있어야 합니다. 그래야만 정신과 교양이 들어설 자리가 마련될 수 있습니다.

산책은 형이상학적 또는 물리적 연구, 수학 문제 해결, 역사적 사실의 반추에 적당하지 않습니다. 즉 명상을 위해 존재하지 않는다는 뜻입니다. 산책을 하다가 마주치는 사람들을 예리하고 세밀한 눈으로 날카롭게 관찰하는 행위는 긴장 속에서 자연을 관찰하는 행위와 마찬가지로 여유로운 산책과는 거리가 멉니다.

산책이라는 영역 안에서 정신이 추구하는 것에는 힘이 들어가면 안 됩니다. 산책은 진지하기보다는 유쾌한 놀이가 되어야 합니다. 사물 위로 가볍게 둥실 떠올라야 하며, 정신의 내부에서 외부로 발산되기보다는 외부의 사물로부터 안으로 자극을 받아야 합니다. 산책하는 정신은 사물에 격정적으로 반응하기보다는 자신을 둘러싸고 있는 것들이 주는 여러 이미지를 열린 마음으로 수용하며 유쾌한 통찰력으로 기꺼이 자신을 이들에게 맡길 준비가 되어 있는 정신입니다. 산책하는 정신은 자기만의 생각에 갇혀 주변의 것들에게서 받는 인상이 그냥 스쳐 지나가도록 놔두지 않습니다. 산책을 할 때 일어나는 정신 활동은 신체 건강을 향상시키며 고된 정신 활동에 휴식을 선사하는 동시에, 상쾌하고 가벼운 활동을 통해 정신이 멈추지 않고 적절한 상태를 유지하면서도 깨어 있게 합니다.

산책 활동은 정신에 적절한 자극을 주어 그 활동을 유지시킵니다. 좀 더 생생한 표현을 빌리자면 정신이 깨어 있도록 부드러운 진동을 준다고도 할 수 있습니다. 그런데 이게 전부는 아닙니다. 정신은 그 나름의 특별한 방식으로, 특별한 측면에서 학습합니다. 산책을 통해 지력의 영역에 관한 최고의 경지에 도달할 수 있다거나 고귀한 신념과 오직 수고로움 및 노력을 통해야 얻어지는 지적·도덕적 완벽함을 이룰 수 있다는 말은 물론 아닙니다. 그렇지만 정신은 산책을 통해 우리 인간 존재의 가장 섬세한 곳을 건드리는, 인간과 자연의 직접적 합일 경지에 도달할 수 있습니다. 자연의 고요한 목소리를 이해하면 가장 맑고 정갈한 즐거움이 피어납니다. 더불어 자연은 무심한 듯 힘을 뺀, 그 무엇으로도 대체할 수 없는 정신 활동을 산책하는 이에게 허락합니다.

{ 3 }
산책의 대상

자연과 인류. 자연은 그 다채로운 경관으로, 인류는 경쾌한 형상으로 산책이 펼쳐지는 무대인 동시에 출연자가 됩니다. 과연 우리에게 자연과 인류보다 더 중요한 것이 있을까요? 인간과 자연의 순수한 개념을 이해하고 이를 자연의 품에서 온전히 보전할 줄 아는 사람은 두말할 것 없이 내면이 충실하게 차 있는 사람일 터입니다.

먼저 자연에 대해 생각해 봅시다. 여기서 자연이란 초목의 옷을 입지 않은 아무 매력 없는 단조로운 지대보다는 다양하고 보기 좋은 자연을 일컫습니다. 이런 자연은 산책을 할 때 각양각색의 방식으로 우리의 정신을 조화롭게 조율하고 마음을 편안하게 하는 수많은 광경으로 이끌어 줍니다. 하늘 높이 치솟은 벌거벗은 바위산을 보면 '장엄하다'거나 '그곳에 가고 싶다'는 느낌을 갖기에 앞서 '무섭고 두렵다'는 느낌이 먼저 듭니다. 자연이 만들어 낸 갖가지 색깔의 미묘하기 짝이 없는 그림자들은 푸른 생명체들이 사는 식물의 세상에서 비로소 그 모습을 드러냅니다. 메마른 황야에서 일생을 지내는 사람이 있다면 그 사람의 감수성은 얼마나 죽음에 가까운 황폐함으로 점철되어 있을지!

산책하는 이의 영혼은 산과 계곡이 번갈아 펼쳐지는 아름다운 지대, 목초지와 강과 숲과 자연이 주는 경이로움으로 뒤덮인 장소로 홀린 듯 끌려 들어가 형형색색 매력이 폭발하는 볼거리와 조우합니다. 아무리 열린 마음의 소유자라도 메마른 황야나 굴곡 없이 심심한 땅에서는 아무런 감상을 느끼지 못하겠지만, 저런 장소에서는 모두가 최고의 아름다움을 경험할 수 있습니다. 떠오르는 태양이 펼치는 장관은 높은 산 위라는 최적의 장소에서 보아야 그 마법을 누릴 수 있습니다. 밤이 조금씩 아침으로 변해 가는 과정은 아직 깊은 어둠속에 잠겨 있는 낮은 계곡 지대에서보다는 해가 제일 먼저 모습을 내미는 높은 산봉우리 위에서 먼저 진행되는 것이기에 그렇습니다. 산에서만 그러할까요. 자연은 산이 없는 초원과 숲같이 평평하고 환한 땅에서도 지루하지 않은 크나큰 매력을 발산합니다. 다만 가도 가도 시선 닿을 곳 없는 단조로운 대지에서 느껴지는 매력은 별 볼 일이 없습니다. 이런 곳이라도 걷고 싶은 사람이 있다면 그 사람이 기대할 수 있는 바는 오직 자기 자신뿐입니다.

그렇지만 산책하는 이가 자연으로부터 얻는 흥미란 지적인 흥미는 아닐 것입니다. 지적인 흥미라는 것은 사물에서 얻는 단순한 인상을 초월하며, 표면적 아름다움 너머에 있는 것을 추구하고, 단순히 휴식을 위해 일어나는 자유로운 상상력 놀이를 정신과 육체의 긴장 및 노고를 동반하는 진지한 활동으로 변화시키는 것을 의미합니다. 정신을 맑게 정화하는 자연의 효능, 다시 말해 사물을 있는 그대로 받아들이고 그 모습을 인지하는 기능은 오직 산책을 위해 적절하게 정돈된 우리의 내면적 상황에서만 완벽하게 발휘될 수 있습니다. 이 내면적 상황은 단순히 걱정이나 고통이 없는 데 그치지 않고 어디에도 짓눌리지 않아 사물에게서 오는 인상에 자신을 순수하게 맡기는 영혼의 상태를 뜻합니다. 그런데 자연물을 해체하여 부분을 연구하고 계통을 나누는 데 익숙해져 있는 자연과학자라면 과연 자연을 단순 관찰자의 시선으로 담백하게 받아들이는 순수한 흥미의 차원에서만 바라볼 수 있을까 하는 궁금증도 일어날 수 있을 것입니다. 그런가 하면 멋있는 건물에 감탄한다든지 아름다운 곤충의 외양에 매혹되는 것이 결코 지적인 흥미 때문만이라고 여겨지지는 않습니다. 사물의 겉모습이 주는 인상에 시선이 머물게 되는 현상에는 순수한 이성만이 관여하는 것도 아니고 냉정한 호기심의 노예가 된 관찰자의 시점만이 지배하는 것도 아닙니다. 자연과학자로서 자연에 대한 이런 종류의 흥미를 잃지 않는다는 것은 그 사람이 인간성의 소유자이기도 함을 대변하는 증거일 것입니다.

{4}
산책의 내적 조건과 외적 조건

산책하는 이가 자연에 보이는 관심은 미적美的 관심이기도 합니다. 자연에 대한 미적 시선이 있어야만 정서가 가진 힘이 자유롭게 발휘될 수 있습니다. 미적 시선은 자연과의 친화 속에서, 그리고 자연이 나타내는 다양한 색깔이 표현하는 표면 위에서 크게 성장할 수 있으며, 감동과 경외를 불러일으키는 자연 광경을 통해 보는 사람으로 하여금 자연에 관해 한 단계 더 나아가 간접적으로나마 도덕적으로 사유해 볼 수 있는 기회를 줍니다. 그러나 만일 자연에 대한 감상이 온전히 지적이거나 도덕적인 관심에서만 출발한다고 한다면 우리가 산책을 통해 원래 누리고자 하는 심성의 자유가 부담스러운 일거리로 변질되어 버릴 우려가 있습니다.

산책하는 이가 인간성에 갖는 관심 또한 미적 관심이어야 할 것입니다. 즐거운 사고 놀이에 바탕을 둔 모든 자유로운 정서적 활동은 미적 요소를 가지고 있다 해도 무리가 없습니다. 그런데 이런 관심을 누릴 능력을 갖추지 못한 사람들도 있습니다. 저마다 가볍고 산뜻한 마음으로 산책 나온 다양한 군중의 화려한 겉모습만을 보고 곧바로 사치함이나 미풍양속의 훼손, 문명의 진화 같은 도덕적 또는 지적 잣대를 들이대어 이러쿵저러쿵 평가하는 데 매몰되는 사람들이 그러한 이들입니다. 이를 주된 감정으로 느끼는 사람이라면 산책이 품고 있는 인간적 면모를 누리기 쉽지 않습니다. 이들은 자신의 병든 정서를 밝게 끌어올려 줄 재료를 자기 안에서 찾지 못하고 되레 산책으로 기분이 더 우울해질 것입니다. 이는 루소가 가진 다소간의 오류로서, 그의 편향된 자연관을 나타내는 일례라고 할 것입니다. 우리는 자신의 기분이 숨김없이 자유로워지는 것을 목표로 삼아 정서가 어느 한쪽으로 너무 깊게 나아가지 않도록 주의를 기울여야 합니다.

산책의 내적 요건은 어느 것에도 얽매이지 않는 감정 상태입니다. 근심·걱정이 가득하거나 어둡고 꽉 막

힌 가슴을 안고 하는 산책이 즐겁기를 바랄 수는 없습니다. 생기를 북돋우고 심신에 좋은 영향을 주는 산책의 이점을 누리기 위해서는 우선 근심과 마음의 괴로움에서 벗어날 수 있어야 합니다. 그러나 산책에서 진정 이러한 혜택을 얻으려면 그것만으로 충분치 않습니다. 내적 요건과 더불어 장소라는 공간적인 외적 요건도 갖추어야 합니다. 장소는 산책하는 이가 마음대로 선택할 수 있는 문제는 아닙니다. 도시 산책의 이상적인 공간은 사람이 많은 대도시입니다. 서로가 서로를 다 아는 작은 마을과는 달리, 길에서 마주치는 사람도 그저 어떤 한 사람일 뿐 내가 아는 특별한 인물이 아니고 무리 지어 지나가는 사람들도 지인들의 무리가 아닌 곳, 그곳이 바로 대도시입니다. 이곳이라면 자유로워질 수 있습니다. 조그만 도시와는 대조적으로 대도시에서는 아무 거리낌 없이 거리로 나가 걸어도 기분이 밝아지고 맑게 개는 것을 느낄 수 있습니다. 아는 사람을 보게 되면 그렇지 못합니다. 산책으로 밝아지려 했던 머리가 즉시 반대 방향으로 돌아서면서 다시 내 안으로 웅크려 들어갑니다. 지인이 누구이고 신분이 어떠하며 무슨 생각을 하는 사람이고 나와의 관계는 어떠한지 등을 자동적으로 떠올리게 됩니다. 그렇지만 대도시 산책에서는 아는 사람을 우연히 만날 확률이 극히 적습니다.

산책의 외적 조건으로 장소 외에 한 가지 더 들 수 있는 것은 산책할 때 그 어떤 다른 것에도 제한받지 않는다는 기분을 느끼는 것입니다. 특정 장소에서 특정 시간에 스스로 선택하지 않은 무리에 속한 채 또는 누군가의 감시를 받으며 산책을 한다는 것은 그 자체가 모순입니다. 산책은 자유로이 누리는 활동이어서 그 어떤 강요도 없어야 합니다. 강제된 상황에서는 산책을 비롯한 그 어떤 쾌락도 차마 견딜 수 없는 괴로움이 됩니다. 자유로운 움직임을 단순 기계적인 규칙과 노예적 강제성 아래 굴복시키는 환경은, 특히 교육이 매우 중요한 청소년 시기에 독립적인 인성의 발달을 방해하며 자유인으로서의 이상적 자아실현 능력을 꺾어버립니다. 산책 도중 뜻밖의 불청객을 만난 이의 마음이란 백주대낮에 길가에서 다른 학파의 학자를 우연히 맞닥뜨린 호라티우스의 심정과 어찌 다르겠습니까. 산책 중에 만나고 싶지 않은 사람이나 피하고 싶은 사람과 혹여 마주치게 될까 봐 조마조마한 마음으로 걸음을 옮기는 사람이 과연 완벽히 자유로운 기분으로 산책을 즐길 수 있을까요. 두려움, 예를 들어 도적이나 성

난 맹수에 대한 공포심 따위가 걷기의 즐거움을 무너뜨린다면 트인 공간에서의 유유자적한 산책은 특유의 매력을 잃어버릴 것입니다. 그러므로 마음이 진정으로 내키는 즐거운 산책을 하기 위해서는 내적 요소와 외적 요소가 갖춰져야 하며 이러한 조건들이 허락이 될 때에만 산책의 대상, 즉 북적이는 강변이나 아름다운 자연경관, 맑고 청명한 날씨 등이 주는 강점을 최대한 크게 누릴 수 있을 것입니다.

사람들 사이를 걸을 때 내적·외적 자유의 조건이 충족된다면 그저 사람들을 보는 것만으로도 긴장이 풀리고 기분이 밝아집니다. 사람들과 떨어져 있을 때면 바깥이든 방 안이든 외로움을 느끼는 것이 우리 본성의 특징이기 때문입니다. 그 어떤 생명체도 감히 깨뜨리지 못할 심연의 외로움 속에 있을 때, 한 사람이라도 곁에 있다는 사실을 느끼는 즉시 우리는 더 이상 외로움을 느끼지 않습니다. 외로운 여행자가 사람을 만나는 것은 얼마나 행복한 일입니까! 이것의 소중함은 여행자에게는 안전 이상의 의미가 있습니다. 긴장을 풀어 주는 이 효과는 사람이 여러 명일 경우 더욱 배가되며, 또한 근심·걱정을 뒤로하고 즐겁게 대화하는 행복하고 유쾌한 사람들의 광경을 통해 더욱 강화됩니다.●

● 공공장소에서 산책을 할 때 행인들의 모습을 보고 기분 좋게 주의가 환기되는 느낌을 갖기 위해서는 (바람직하지 않은 방법

어느 문학가●●는 건강염려증에 사로잡힌 자들의 모습 이외에도 이 효과를 아주 잘 표현한 글을 썼습니다.

자기 자신을 붙들고 악다구니하는 자
해골이 드러날 때까지 고뇌한다네
꿈의 책에 신탁하며
원하는 게 무엇인지 상심케 하는 게 무엇인지
기쁘게 하는 게 무엇인지
그 자신도 모른다.

사람들을 찾아 나서라!
그들 속으로 얽혀 들어가라.
혀들의 소란 속에서

을 써서라도 단순히 외로운 감정에서 벗어나려 하면 안 되겠지만) 그들이 생업에 종사할 때의 너무 힘들어하는 모습이나 불쾌한 상태에 있을 때의 모습은 보지 않는 것이 좋습니다. 물론 천천히 걸으며 도시의 사무실이나 작업장, 공공화장실을 구경하면 기분이 전환되는 효과가 있습니다. 타인의 불만 어린 표정은 쉽게 전염되고 그것을 보는 이의 쾌활한 기분까지 해친다는 것은 꽤 확실합니다. 표정 없는 무관심한 얼굴은 어쨌든 정서에 좋은 영향을 미치지 않습니다. 그러나 일반적으로 도시에서의 산책은 자신의 생업을 잠시 잊게 하고 즐거움을 주며 기분을 고양시키는 효과를 냅니다.

●● 아마도 『건강염려증 환자』(*Der Hypochodrist*)를 쓴 독일의 극작가 테오도어 요한 크비슈토르프(Theodor Johann Quistorp, 1722~1776)를 가리키는 듯하다. — 옮긴이

번개가 치는 것처럼

마음의 미로를 뚫고 들어오는

스치는 말들,

그의 깊은 곳을 말갛게 밝혀 준다.●●●

●●● 「프랑스 시골의 소란스러운 한낮 풍경」 중.

{ 5 }
자연 산책과 도시 산책이 똑같이 필요한 이유

자연 속에서 걷는 것과 도시 거리를 걷는 것. 이 두 가지는 모두 산책의 목적을 달성해 줄 수 있지만, 어느 한 가지만으로는 그 목적을 완벽히 충족하기 어렵습니다. 산책이 우리 정신의 안녕을 위해 제공해 줄 수 있는 모든 유익을 얻으려면 이 두 가지가 결합되어야 합니다. 도시 산책만 즐기는 사람은 자연에 대한 감수성을 거의 기를 수 없을 것이고, 자연과 고독하게 만나면서 의도적으로 공공장소에서의 소요逍遙를 모조리 피하는 사람은 사회가 주는 다방면의 유용한 지식에 무지하게 될 테니까요.

도시 공공장소에서는 어디든 얼굴을 들이밀지만

자연이 펼쳐진 곳에는 여간해서 나타나지 않는 허울만 멀쩡한 멍청이와, 아무도 자신을 방해하지 않기를 바라며 숲이나 들판의 어둠만을 찾아다니는 우울한 이가 산책에서 얻는 이득은 각각 한쪽에만 치우친 이득입니다. 전자는 허영심 이외의 다른 관심을 충족하기 어려울 것이고, 후자는 사람들을 보며 무심한 만족을 느끼는 데 필요한 마음의 무사공평함을 언젠가는 온전히 잃게 될 것입니다.

이제 두 가지 유형의 산책 사이의 관계에 대한 질문을 던져 볼 텐데요. 그 답을 찾으려면 각 유형의 목적과 효과를 살펴봐야 하겠습니다.

탁 트인 자연으로 나가는 것은 자연을 사귀는 일입니다. 도시인은 자연에 대한 감수성을 잃기 쉬우므로 때때로 자연 속에서 산책을 함으로써 이러한 위험을 예방해야 합니다. 더욱이 도시라는 환경은 결국 정신을 다른 데로 도망가지 못하게 옥죄기 때문에 때때로 자연으로부터 얻는 경외심을 통해 마음을 고양시키고 넓혀야 합니다. 자연의 크고 드넓은 풍광은 자유로운 도시 환경으로부터 오는 편협한 제약에서 사람을 해방시킵니다.

그러한 정신의 특별한 고양이 일상에서 때때로 기

분을 환기하는 것만큼 자주 필요하지 않음은 물론입니다. 우리는 뭇사람들이 많이 오가는 도시의 거리를 조금만 걸어도 뭉쳤던 긴장이 금방 풀어지고 기운이 좀 회복되는 느낌을 받습니다. 한편, 항상 자연 속에서만 산다면 자연의 위대한 인상은 곧 우리 마음에서 힘을 잃어버릴 것입니다. 자연에 대한 감각을 간직하며 크고 초연한 관계로까지 마음의 지평을 넓히려면 가끔은 위대하고 숭고한 자연을 볼 수 있는 지역으로 여행을 떠나는 것이 가장 좋습니다. 그리고 그것은 진짜 걸어서 하는 여행이어야 합니다. 고된 여행이 아니라 진정으로 즐거운 발걸음이어야 하며, 자기 자신에게 완전한 만족을 선사해야 합니다. 그러나 우리가 하는 평범한 야외 산책에는 굳이 대자연이 필요하지 않습니다. 대자연 속으로 떠나는 여행은 마음 편하게 내킬 때마다 가기에는 정신의 소모가 너무 크기 때문입니다. 험준한 알프스 산맥을 가벼운 마음으로 오르내릴 수 있는 사람이 과연 있을까요?

일반적으로 사람들이 붐비는 도시의 인기 있는 산책로 걷기가 일종의 사회생활의 성격을 띠듯이, 자연 속에서 걷는 것은 고독함에 더 가깝다고 할 수 있습니다. 자연에서 반드시 혼자 있어야만 하는 것은 아니지만 혼자가 아닐지언정 아무래도 도시에서 걷는 것보다는 조금 더 외로울 수 있습니다. 벌판에 나가 보면 몇 안 되는 사람이 있더라도 흩어져 있기 때문에 좁은 길을 걸을 때처럼 서로의 존재를 밀접하게 느끼지 못합니다. 사실 그것이 맞습니다. 그렇지 않으면 자연에서 걷는 목적, 즉 조용하고 편견 없이 풍광을 관조하는 것이 사람들의 산만한 시선에 방해받을 수도 있기 때문입니다.

{6}
혼자만의 자연 산책이 정신의 발전에 미치는 영향

자연 산책의 효과를 누리기 위해 반드시 혼자일 필요는 없습니다. 비슷한 생각을 가진 동반자와 함께라면 일반적인 인간사, 문학 또는 세간의 화젯거리에 너무 몰입되지 않은 평온한 대화를 나누면서도 동시에 자연의 이미지를 온전히 누릴 수가 있습니다. 외부 자극에 단순히 메아리로 반응하고 싶지 않은 사람, 자신만의 내적 동기에서 욕구가 나오는 사람, 자신이 가진 천재성에 스스로를 내맡기고 본연의 모습으로 살아가고 싶은 사람은 외롭게 걸을 때도 있어야 합니다. 그런 필요를 전혀 느끼지 않는 사람은 저열하고 알맹이가 없는 사람일 겁니다. 자기만의 본성과 사상은 다른 영혼의 영향을 받지 않고 자신의 영혼을 스스로 반추하는 시간에만 발전합니다. 이를 위해 산책에 견줄 만한 것은 없습니다. 복잡하게 얽힌 지금의 문화와 고도로 발달된 예술과 인간관계 때문에 우리의 정신은 스스로의 참모습을 찾아가기 너무나 어렵습니다. 바깥에서 얻은 감상을 내적 처리 경로를 통해 자신만의 것으로 바꾸어야 겨우 가능한 일일지도 모릅니다! 우리의 정신은 다양한 자연물이 펼치는 기분 좋은 변화로부터 부드러운 자극을 받습니다. 이를 통해 자기 자신과의 관계가 엄청나게 발전하게 됩니다. 오랜 시간 바깥에 나오지 않고 홀로 방 안에만 있었을 때의 죄책감 따위는 가질 필요가 없습니다.

때때로 정신없는 세상살이의 풍경에서 벗어나 자기 자신으로 돌아올 목적으로 가끔 홀로 자연을 걷는 것은 자연 속에서 산책하는 궁극적 목적은 아니지만 그렇다고 해될 것은 전혀 없습니다. 해가 되는 것은 자연을 외면한 채 내면의 세계에만 너무 몰입하거나, 자연이 마음에 주는 모든 즐거움이 느껴지지 않을 정도로 과하게 생각에 잠길 때입니다. 산책을 할 때의 정신 활동은 언제나 크게 힘들이지 않는 가벼운 것이어야 하기 때문에, 혼자 걷기는 스스로를 자유롭게 풀어 준

모습 안에서만 이루어져야 합니다. 정신은 억지로 강요당하지 않아야 자연이 주는 놀라운 효과에 감명받을 수 있습니다.

자연 속에서 산책할 때, 우리는 산책 나온 목적에 합당하도록 자유로운 정신 상태와 편견 없는 마음으로 자연현상이 주는 느낌에 자신을 맡깁니다. 이때 정신은 여전히 자연과 상호 작용하지만 직접적으로 자연을 접촉하는 것이 아니라 영적 존재의 본질, 기분, 생각 및 감정을 통해 간접적으로 소통하며, 각자가 자신만의 고유한 방식으로 자연을 보게 됩니다. 자연에 대한 관조는 감각과 그 해석을 통해 비로소 이루어집니다. 인간의 풍부한 정신 영역 속에서 재연되는 자연의 다채로운 변주 덕분에 우리는 더욱 큰 즐거움을 누립니다. 이런 과정이 없는 자연에 대한 단순한 맹목적인 관조는 지루한 꿈에 불과할 뿐 즐거운 산책이 아닙니다. 자연 감상에서 얻는 즐거움은 홀로 산책하는 목적이기도 합니다. 홀로 산책할 때만이 자연의 인상을 깊이 새길 수 있으며 영혼이 자연의 변화무쌍한 순간들을 빠르게 포착하여 잡아 둘 수 있기 때문입니다. 자연에 둘러싸여서도 오로지 자기 자신에만 관심이 집중되어 있다면, 또는 자연과 무관한 자신의 고집스러운 사상을 돋

보이게 하려고 단순한 배경으로서만 자연을 취급한다면 꼭 바깥으로 나갈 필요 없이 그저 방 안에 틀어박혀서도 같은 일을 할 수 있을 것입니다. 그렇다면 자연은 우리의 정신과 마음에 아무것도 전달하지 못할 테고, 우리는 사랑의 마음으로 자연의 모습을 오롯이 받아들이지 못할 것입니다. 또 한 가지, 때로는 혼자일 필요가 있습니다. 때때로 허심탄회한 마음으로 자연을 만나고 싶다는 욕구를 느끼지 않는 사람은 내면의 본성이 결실을 맺지 못한 세속인일 뿐입니다.

괴테의 작품이나 톰슨●의 「사계」에서처럼 자연을 진실하게 그려 내려면 자신을 향한 관찰과 고독한 성찰을 통해 자연을 알아야 합니다. 조국의 사계절을 충실하게 그려 낸 톰슨과 마찬가지로, 다음에 나오는 괴테의 자연 묘사도 필시 영혼에 선명히 각인된 자연의 이미지에서 우러났을 것입니다. 괴테는 『젊은 베르터의 고뇌』에서 자연이 가진 색색의 모습을 극도로 충실하게 묘사해 냈습니다.

> 강 너머 바위에서 저 언덕까지 비옥한 계곡을 바라보며 주위 모든 것이 새싹을 틔우고 샘솟는 모습을, 아랫자락에서 산봉우리까지 늘씬하고 빽빽한 나무들의

● 스코틀랜드의 시인 제임스 톰슨(James Thomson, 1700~1748)을 가리키는 듯하다. — 옮긴이

옷을 입은 저 산들과 아름답기 짝이 없는 숲에 덮여 다양한 굴곡으로 그늘진 계곡을, 그리고 잔잔한 강이 미끄러지듯 흐르며 부드러운 저녁 바람에 밀려와 하늘에 피어난 사랑스러운 구름을 반사하는 광경을, 주위의 새들이 숲에 활기를 불어넣는 소리와 마지막 붉은 태양 빛 속에서 대담하게 춤추는 헤아릴 수 없이 많은 모기를, 풀숲에서 날개를 파르르 떨던 딱정벌레를 놓아주는 햇빛의 마지막 아쉬운 떨림을 나는 보았다. 주위에서 나는 윙윙거리는 소리에 눈길이 땅으로 향했고, 내가 딛고 서 있는 단단한 바위에서 양분을 빼앗아 이끼와 척박한 모래 언덕에서 자라는 노란 빗자루꽃이 자연의 빛나는 성스러운 삶을 내게 열어 보여 주었다. 나는 이 모든 것을 따뜻한 마음으로 받아들여 넘쳐흐르는 풍요로움 속에서 내가 마치 신이 된 것처럼 느꼈고, 가없이 무한한 세계의 찬란한 존재들이 모두 내 영혼 속에서 살아 움직였다.

그러나 아무리 이같이 최고로 아름다운 글이라 해도 남의 묘사를 접하는 것만으로 자연이 주는 광경을 남김없이 전부 흡수할 수 있다고 생각한다면 그건 착각일 것입니다.

{ 7 }

도시에서 산책로 걷기

사회생활의 필수품으로 도시 산책이 손꼽힌다는 데에는 논란의 여지가 없습니다. 일정 규모 이상의 도시에서 이 필수적인 여가 활동이 제공되지 않았다면 문명의 발전은 부진했을 것입니다. 도시에서는 많은 사람이 공동의 공간에 모여 삽니다. 특히 대도시라면 정원이 딸리지 않은 집이 많습니다. 도시에는 옥외가 아닌 실내에서 힘든 업무를 보는 사람이 많으며 온갖 계층에서 모인 사람들이 한데 모여 일하기 때문에 적절한 사교 활동이 필요합니다. 사교 활동은 통상 실내에서 이루어지는 걸로 만족하는 경우가 대다수입니다. 왜냐하면 모든 이가 자연과 친숙한 것은 아닌 데다, 설사 자연과 친하다고 해도 대단한 휴식을 필요로 할 정도로 피로가 쌓이지 않은 이상 늘 그 속에만 있을 수는 없기 때문입니다. 자연 속에서 하는 산책만 산책이 아닙니다. 만일 자연 속에서만 걸어야 한다면 사람들이 산책을 위한 공통적인 만남의 장소를 찾기가 어려울 것이며 그들 간의 자유로운 상호작용도 전혀 일어나지 않을 것입니다. 산책하는 사람들의 모습을 보면서 가장 쉬운 방법으로 기분 전환을 할 수 있는 산책 문화가 없는 도시는 문화도시로서 갖춰야 할 가장 중요한 요소가 결핍된 도시입니다.

작은 도시에서도 다소 부족하나마 산책의 욕구는 어느 정도 충족될 수 있습니다. 물론 자연과 건물과 사회적 분위기의 조화가 산책의 유용한 조건과는 반대에 놓인 경우가 많기 때문에 최상의 만족도를 줄 수 없기는 합니다. 효과적인 산책을 제공하기에는 산책로가 충분치 않은 답답한 현상은 일반적으로 산책의 필요성과 욕구가 아직 여전히 미미한 수준에 머물러 있는 소도시의 정체된 문화 때문이 아닐까 합니다. 산책이라는 것을 거의 하지 않는 마을이 정말로 있으며, 이런 곳에서는 소수의 산책객도 외부에서 온 사람들입니다. 이런 곳의 주민들은 여간해서는 야외로 나가려 하지 않습니다. 카드 게임의 무의미한 즐거움이 자연과 사교의 고상하고 실질적인 즐거움에 비해 압도적으로 우위를 차지하는 지역이 높은 문화 수준을 자랑할 수 있을까요? 그에 반해 문화적인 것들이 풍요롭게 어우러져 있는 라이프치히의 경우, 가로수가 늘어선 아름다운 길을 보면 이 도시의 사람들이 인간미 있는 안목을 갖추었다는 점을 알 수 있습니다. 그 아름다운 길을 걸으며 얻을 수 있는 즐거움은 이곳 사람들이 향유하는 문화를 증명하는 셈이지요.

도시 산책은 도시를 둘러싼 성벽의 출입구 바로 앞에서 시작하는 편이 가장 편리합니다. 그렇지 않다면 인파 속을 홀로 유유히 거니는 즐거움을 위해 일부러 멀리까지 나가야 하는 불편함을 감수해야 할 테니 말입니다. 그런 산책은 번거롭고 피곤할 뿐만 아니라 다른 산책객을 마주칠 반가운 일도 거의 없을 것입니다. 반면에 편리한 위치에 있고 건물로 둘러싸인 도시에서라면 어디에서 출발하든 항상 활기차게 걷는 사람들과 더불어 거리의 산책로를 걸을 수 있습니다. 대도시는 그 거대한 규모 때문에 거리 산책을 속속들이 즐길 수 있는 여건이 되지 못할 때가 많고, 작은 마을은 또 그 나름대로 주민들이 모두 너무 친밀하게 지내다

보니 산책에 대한 관심과 행동의 자유가 부족하기 때문에 산책이 여의치 않을 때가 많습니다. 규모가 매우 큰 대도시의 경우 가로수 길이 조성되어 있고 대로들이 시의 중심지로부터 뻗어 나가는 등 도로 구획이 반듯하다고 하더라도, 주변 지역으로 시의 경계가 너무 멀리 퍼져 나가지 않은 적당한 규모의 중소도시에 비하면 편리함과 이점이 다소 떨어질 것입니다. 다시 말해 대도시가 아닌 중소도시인데 전체적으로 동그스름하거나 타원형을 이루면서 잘 지어진 건물들로 채워져 있다면 그 도시는 산책하는 사람들이 넘쳐나게 될 것입니다. 어느 길을 선택하든지 또는 상점들의 활기나 혼자만의 고요 중 무엇을 원하든지 상관없이, 걷다 보면 결국 집으로 돌아가는 길에 쉽게 접어들 수 있으며 중심에서 너무 멀어지지 않으면서도 조금만 걸으면 도시 전경이 보이는 높은 지점에도 어렵지 않게 이를 수 있을 것입니다. 이렇게 길들이 서로 이어지는 도시에서는 길 가다 마주쳤던 다른 산책객을 다른 길에서 다시 마주치는 일이 드물지 않게 일어납니다. 이는 길쭉하게 생긴 도시에서 산책할 경우 이쪽 끝으로 갔다가 저쪽 끝으로 가는 데 소요되기 마련인 불필요한 시간을 절약한다는 의미에서 산책의 의욕을 더욱 고취시킵니다.

도시 안에도 완만한 경사가 있습니다. 산기슭에 위치한 도시라면 길을 오르락내리락하는 데 큰 수고가 뒤따라 걷는 즐거움이 다소 훼손될 수 있겠지만, 그렇지 않은 경우라면 약간의 오르막과 내리막은 걷는 재미를 더해 줍니다.●

● 가로수가 심어진 라이프치히의 길들은 멀리 내다보이는 전망은 없지만 그 점 말고는 이 모든 요건을 충족합니다.

{ 8 }

가로수 길의 단상

산책의 목적에 매우 적합하도록 조성된 아름다운 가로수 길을 따라 걸을 때 자연은 단지 자연으로서만 우리 마음에 작용하지 않습니다. 숲이나 산에서 걸을 때와는 달리 우리의 관심은 자연에만 집중되어 있지는 않습니다. 자연은 여러 식물 종과 잎사귀들이 펼쳐 내는 화려한 향연의 형태로 끊임없이 변화하는 가운데, 상쾌한 녹색이 뿜는 부드러운 매력을 통해 산책객의 마음을 더 활기차게 하는 바탕색 역할을 합니다.● 산책로의 풍경은 녹색 바탕 위에서 더 선명하게 부각됩니다.

따라서 인간의 풍경과 자연의 풍경, 이 두 가지를 모두 나름의 방식대로 즐길 수 있는 산책은 가로수 길

● 겨울에는 식물이 주는 활기를 느낄 수 없기 때문에 산책의 주안점은 정신적인 면보다는 신체적인 면에 놓이게 됩니다.

산책입니다. 자연은 도시의 산책로가 주는 믿음직한 풍경 속 인공의 무대 위에서도 인간이 만든 예술과 대비를 이루며 언제나 제자리에 현존합니다. 도시에서는 자연과 인공이 밀접히 닿아 있어 두 가지가 서로 넘나들기 쉽습니다. 도시의 공원은 대부분 자연 풍경을 닮도록 조경되어 있고, 자연과 인공이 언제나 함께 병존하는 광경에 익숙해진 우리는 이 점을 평소에 잘 깨닫지 못하거나 주목하지 않기 쉽습니다. 교양과 감각을 갖춘 사람이라 할지라도 도시의 잘 가꾸어진 산책로에서처럼 자연과 인공의 공존을 처음 접한다면 둘 사이의 대비를 명확히 느끼기는 어려울 수 있습니다.

쾌활함, 유쾌한 얼굴들, 가볍게 오가는 농담, 세련된 복장, 사람들의 우아한 몸짓, 삼라만상의 변화, 서민들의 활기찬 삶과 어린아이의 꾸밈없는 귀여움. 이 모든 풍경이 우리가 그 어떤 강제나 인간관계의 압박 없이 훌훌 산책을 나섰을 때 즐길 수 있는 볼거리입니다. 무심하게 그저 그들의 모습과 행동을 보는 것만으로도 마음의 허함이 채워질 때가 많습니다. 군중 속 산책을 할 때는 길에 사람이 많을수록 좋습니다. 무거웠던 마음과 굳었던 기분이 좀 더 잘 풀어지기 때문입니다.

사람 많은 거리에서 산책하기로 마음먹었다면 혼

자 걷기보다는 누군가를 옆에 두는 편이 좋습니다. 옆 사람과 가벼운 대화를 나누면서 걷다 보면 주변 환경에 대한 주의를 완전히 잃지 않으면서도 기분을 전환하고 산책의 장점을 온전히 얻을 수 있습니다. 혼자서 사고할 경우 주변 사물의 영향을 쉽게 받아 연이어 의도치 않은 방향으로 생각이 빠져 버릴 위험이 있는 데 반해, 다른 사람과의 대화는 다양한 생각이나 각자의 관심사를 교환함으로써 우리의 정신세계가 훨씬 더 멀리 자유롭게 펼쳐질 수 있는 계기를 마련해 줍니다.

도시가 아닌 온전한 자연 속에서 걸을 때는 혼자가 아니더라도 사람보다는 자연에 더 정신을 집중하게 됩니다. 반대로, 자신의 감정에 귀 기울이며 도시의 거리를 산책하다 보면 자연 요소보다는 아무래도 사람 사는 세상에 대한 감상이 두드러지게 떠오르는 것을 느끼게 될 겁니다. 다만 홀로 도시 거리를 산책할 경우에는 여럿이서 산책할 때처럼 정신이 분산되지 않으니 자연에 좀 더 많은 관심을 기울이게 됩니다. 바로 이 순간이 평소에 놓치던 느낌을 잡아낼 수 있는 순간이며 자연에 대한 자신의 감상을 표현할 수 있는 기회이기도 합니다.

도시 번화가 산책의 본질을 자연의 일부와 도시 건

축물이 어우러진 공간에서 이루어지는 사교적 걷기라고 규정한다면 왜 여성들이 이런 산책을 유독 더 좋아하는지가 설명되리라 생각합니다. 여성은 그대로의 자연보다는 사회적인 세상에서 사는 것을 선호합니다. 자연과 가까운 것이 고독입니다. 그리고 여성들에게 고독은 너무나 우울하고 끔찍하기 때문에 그 속에서 오래 견디기 어렵습니다. 본질적으로 타인의 눈을 피해 둘만의 공간을 추구하는 속성을 가진 사랑의 순간, 말하자면 연인과 단 둘이 있을 때를 제외하고는 여성은 대체로 타인들과 함께 있는 것을 좋아합니다. 도시의 산책로처럼 자연이 홀로 나타나지 않고 인간과 섞여서 존재하는 곳, 그곳이 도시를 둘러싼 가로수 길이든 정원이든 인근 숲으로 들어가는 진입로든 여러 사람이 어울려 걷는 장소라면 여성은 자연을 두 팔 벌려 환영할 것입니다.●

● 여성이 자연보다는 사회적인 세상에서 사는 것을 선호한다고 서술한 이유는, 당시 사회에서 중류층 이상의 여성은 직업 생활보다 주로 사교 생활을 했기 때문인 것으로 추측할 수 있다. 게다가 당시 자연에 대한 이미지는 지금처럼 아름답기만 한 것이 아니라 험하고 위협적인 것이기도 했다. 자연이 지금의 이미지를 갖게 된 것은 20세기가 지나면서 접근성이 좋게 개발된 이후부터다. — 옮긴이

{9}
정원과 공원

큰 도시 인근의 어느 정도 규모가 있는 공원은 작은 마을에 있는 정원과는 다른 관점에서 보아야 합니다. 작은 마을의 정원은 오락의 목적보다는 실용성을 위해 설계된 곳입니다. 이곳에는 허브 식물, 포도원, 화단이 정원을 둘러싼 나무 울타리 안에 조경되어 자연의 요소를 구성합니다. 그래서 우리가 자연에 기대하는 느낌을 어느 정도는 충족할 수 있습니다. 이런 정원의 가장 큰 장점은 그 소유자가 다른 무엇의 방해도 없이 온전히 자신만의 자연을 즐길 수 있다는 점입니다.

대도시에서는 좀 더 큰 규모의 정원을 찾아볼 수 있습니다. 이러한 정원은 앞서 말한 정원과는 완전히 다르지요. 매우 넓기 때문에 마음에 여유와 자유를 줍니다. 자유롭고 방해받지 않는 느낌을 얻으니 혼자라도 외롭다고 느껴지지 않습니다. 식용 허브 식물이나 과실수처럼 단순히 유용성을 위해 심어진 것 같은 식물은 눈에 잘 띄지 않습니다. 산책객은 광활하고 탁 트인 풍경을 보며• 정원 전문가의 부지런한 예술혼을 저도 모르게 느끼게 됩니다. 이런 종류의 정원이야말로 진정한 의미에서의 휴식 공원입니다.

이러한 정원이 대중에게 열려 있어 사람들이 서로 어울려 즐겨 찾는 장소가 될 경우(이런 모임에는 될 수 있으면 참여하는 것이 세련된 태도라고 할 수 있습니다), 산책은 여럿이서 자연을 즐기는 사교 활동도 겸하게 되어 더욱 흥겨운 활동이 될 수 있습니다. 사람이 자연에 특별한 영향을 준다거나 하지는 않지만 정원을 거닐면서 자연 풍광으로부터 발산되는 감상은 누구나 즐길 수 있습니다. 하지만 도시에서 산책할 때보다 좀 더 서늘할 수는 있습니다. 특히 더운 여름날, 물이 흐르고 나무 그늘이 시원하게 드리운 공원이 있다면 그런 곳으로 무리 지어 소풍을 가는 것은 매우 세련된 행동이라고 봅니다. 그런 의미에서 대중에게 개방된 공원이 없는 도시가 아직도 많다는 점은 아쉽습니다.

• 그 좋은 예로 영국식 정원을 들 수 있겠습니다.

그에 비해 개인 정원에는 혼자만의 외로움이 있습니다. 정원 주인이나 가족 이외의 사람이 산책을 하러 들어갈 수 있다 하더라도 정기적으로 그곳에서 산책 모임을 가지려 하는 사람은 없을 것입니다. 정원 주인이 혼자서만 정원을 즐긴다면 누군가를 초대해 같이 거닐지 않는 한 더 깊은 외로움에 파묻힐 것입니다. 자연을 좋아하는 사람이라면 세상의 소음과 족쇄로부터 도망치고 싶을 때 피난처로 사용할 수 있도록 홀로 잠시 쉴 수 있는, 때 묻지 않은 자연의 안식처를 도시 근교에 마련하는 방법도 충분히 생각해 볼 수 있습니다. 때때로 이 즐거움을 다른 사람들과 공유한다면 그 사람의 됨됨이는 주변으로부터 많은 칭송을 받을 수 있을 테지요.

정원에서는 음악회가 열리기도 합니다. 정원 음악회는 예술로서의 가치는 다소 떨어질 수는 있겠으나 친교 활동을 더 즐겁게 하고 부드럽게 만드는 효과가 있습니다. 정원이라는 장소는 음악 연주라는 목적을 위해 지어진 실내처럼 모든 음이 한 점의 소실됨 없이 청중의 귀에 와닿는 곳은 아닙니다. 악기의 음은 허공으로 퍼져 나가고 관객의 주의도 주변 환경과 사람들 탓에 분산되기 마련입니다. 예술적 교양을 쌓기 위함이 아닌, 사회적 관계 형성과 기분 전환을 위해 모인 자리이기 때문에 음악 소리에만 전적으로 집중하기 어려울 것입니다. 특히 관악기 연주회 같은 경우 오히려 바로 앞이 아니라 좀 멀리 떨어져서 걸을 때 귀에 들리는 소리가 훨씬 더 듣기 좋을 때가 있습니다.

정원에서 연주되는 음악은 다른 사람들과 더불어 들을 때 더욱 좋게 들립니다. 홀로 어느 정원 옆을 산책할 때 정원에 딸린 집에서 흘러나오는 유려한 플루트 소리를 듣기보다는 탁 트인 정원에서 참새들의 합창을 듣는 편이 좀 더 마음이 편안해질 것입니다.●

농원이 많이 모여 있는 도시 근교에서는 일종의 시골 일상을 경험할 수 있습니다. 농기구 준비나 가축 기르기, 농사일 같은 농부들의 일을 제외하고 본다면 모든 자연의 매력을 한껏 느낄 수 있습니다. 도시인이 여러 제약으로 가득한 도시 생활에서 완전히 벗어나고 싶다면 실제로 시골로 이주할 도리밖에 없다는 문제가 있습니다. 바로 이런 면에서 시골의 노동과 농기구, 요컨대 시골 사람의 삶의 방식을 엿볼 수 있는 도시 근교 산책은 그 자체로 매력이 있는 것입니다. 이렇게 함으

● 야외에서 듣는 플루트 소리가 좋을 때도 있습니다. 예를 들면 이탈리아 같은 남쪽 나라, 구릉지, 바닷가 같은 곳에서 플루트의 음색에 귀가 즐거워지는 이유는 온화하고 따듯한 하늘 아래서 자연과 인간이 어울려 살아가는 이상향(또는 목가적 이상향)에 대한 추구와 깊은 관련이 있습니다.

로써 도시인은 실제로 시골 생활 자체가 아니라(도시 사람이 갑자기 도시인의 지위를 버리고 시골 사람이 되고 싶어 하지는 않을 것이기에), 자연과 연결되어 있다는 느낌과 도시 생활로부터 분리되었다는 느낌을 통해 커다란 위안을 얻을 수 있습니다.

우리는 한 바퀴 도는 데 몇 시간이 걸리는, 면적이 몇 마일에 달하는 대형 공원을 단순히 자연의 느낌을 충족하기 위해 예술과 자연이 따로 분리된 채 도시에 편입된 자연의 영역으로만 볼 것이 아니라 아름답게 꾸며지고 손질된 자연 풍경으로 보아야 합니다. 공원이란 개념 자체는 그 안에 자연 요소들이 자유롭게 존재함에도 결국 사람에 의한, 사람을 위한 풍경으로 고안된 장소라는 뜻입니다. 적절하게 배치된 건물·조각상·다리·정자·벽감·오두막·벤치 등이 이러한 느낌을 만들어 냅니다. 그러나 이런 것들은 언제나 자연을 거스르지 않는 선에 머물러야 하며, 산책객이 산책로에 정해진 규칙이 있는 것 같은 강제성을 느끼면 좋지 않습니다. 그러려면 자연이 본래의 아름다움을 충분히 펼쳐 낼 수 있도록 설계되어야 합니다. 뵈를리츠의 유명한 공원●●은 이 모든 조건을 충족하는 공원입니다.

●● 뵈를리츠 공원(Der Wörlitzer Park)을 가리키는 것으로, 18세기 후반에 조성되었으며 유네스코 세계유산으로 지정된 매우 아름답고 큰 공원이다. — 옮긴이

{10}
자연 속에서 산책하는 특별한 즐거움

자연에 대한 예리한 감수성을 갖추고 있으며 자연이 인류 전체에 얼마나 많은 가르침을 주는지 알고 있는 교양인은 자연의 고귀한 영향력 아래에서 살아야 합니다. 자연의 좋은 효용을 자기 것으로 만들려면 자연에 대해 설명해 놓은 책을 다독하는 것만으로는 충분하지 않습니다. 설명은 사물 자체와는 별개이며, 책에서 얻은 자연에 대한 지식은 광물 수집가의 컬렉션에서 얻은 단순한 지식과 마찬가지로 죽은 지식일 뿐입니다. 일상적 자연에서 볼 수 없는 진귀한 자연물에 대한 그림과 글에는 부정할 수 없는 가치가 있지만, 과연 누가 자연의 모든 구성물을 그림과 설명만으로 알고 싶어 할까요? 우리 인간의 마음은 자연의 삼라만상이 전체적으로 펼치는 큰 그림의 강력한 영향을 받습니다. 이러할진대 자연에서 떨어져 나가 죽어 버린 자연물을 통해 자연의 신비로운 조화를 마음에 담고 싶은 사람이 어디 있겠습니까? 예술적으로 묘사된 풍경화 속 자연물은 자연 속 대상과는 완전히 별개입니다.● 그러나 자연의 영향권에서 산다는 것이 반드시 시골 생활을 의미하지는 않습니다. 시골 사람들은 자연 속에 살고 1년 내내 여러 자연현상 안에서 살아가지만 실은 자연을 가장 적게 느끼는 사람들입니다. 자연에 파묻힌 삶의 방식이 자연에 대한 감수성을 오히려 무디게 하는 것입니다. 특히 농사를 짓는 농부도 아니면서 시골에 오랫동안 거주하는 사람은 끝내 자연에 무감각해질 것입니다. 습관은 모든 것의 매력을 빼앗아 갑니다. 도시 생활과 시골 생활을 번갈아 영위하는 사람만이 자연에 대한 감각을 계속 유지할 수 있으며, 자연에 대한 끊임없는 갈구를 중요한 요소로 꼽는 지성의 세계 안에 머무를 수 있습니다.

우리가 문화와 문학의 세계에서 소외되지 않도록 배움과 독서를 멈추지 않듯, 자연을 사랑하는 사람이

● 아이들이 자연 속에서 자연을 배우도록 하지 않는 것은 어른들의 큰 오류입니다. 좋은 가르침을 받지 못하고 멋대로 자란 학생들이 자연사 수업에 아무런 흥미를 보이지 않는 건 당연합니다.

자연으로부터 벗어나지 않으려면 꾸준히 자연과 더불어 살아가는 생활을 해야 합니다. 자연은 극히 다양하고 변화무쌍하여 장소마다 다른 모습으로 나타나고 같은 장소에서도 그 모습이 변화합니다. 자연에 대한 깨어 있는 관심을 꺼뜨리지 않기 위해선 인간의 정신도 자연에 대한 감각을 끊임없이 갈고닦아야 합니다. 자연에 대한 감각은 자연과의 접촉을 통해서만 지속적으로 유지될 수 있다는 점에서 사람 사이의 우정과 비슷합니다. 이것이 지켜지지 않는다면 결국엔 아무리 따뜻한 가슴을 가진 사람이라도 친구에 대한 우정, 여기서는 자연에 대한 우정이 마음속에서 사그라지고 말 것입니다. 자연은 여러 막으로 구성된 연극과 같으며, 하나의 막은 여러 장으로 구성됩니다. 만일 관객이 특정한 몇몇 장이 공연될 때만 자리에 앉아 있고 그것도 모자라 옆 사람과 떠들며 시간을 보낸다면 과연 연극 전체의 내용을 알 수가 있을까요? 자연을 더 가까이 접하기 위해 아름다운 계절을 골라 시골에 머무르는 사람이 자연을 바로 곁에서 접촉할 수 있는 기회를 얻을 것임은 말할 필요가 없습니다. 그러나 이는 우선 기회만을 얻은 것에 지나지 않습니다. 자연이 이끄는 대로 살았노라고 말할 수 있으려면 여기서 한 걸음 더 나아가야 합니다.

야외에서 자주 걸으면 자연에 대한 감각이 길러져 우리의 마음도 유익한 영향을 받습니다. 조금이나마 고상한 품성이 있는 사람이라면 자연 속에 있을 때 자신 안에 있는 순수함과 사람다움을 발견합니다. 그 사람의 본성 속 모든 선함이 그곳에서 만개합니다. 물질적으로 풍족한 도시 생활과 인간관계를 겪으며 마음속에 갇혀 있었거나 스스로 미처 인식하지 못했던 감정들이 자연 속에서 깨어나 참된 모습과 오염되지 않은 정직함으로 그 사람을 놀라게 합니다. 자비·진심·개방성으로 가슴이 웅장해지고, 시기심·미워함·이기심의 연극에 가려져 있던 아름다운 인간성은 순수한 자태로 나타나 자연의 거울에 비춰집니다. 타락하지 않은 심성의 소유자라면 이따금씩이라도 자연을 접하지 못할 때 답답함을 느낄 것입니다.

야외에서 자주 걷게 되면 자연과 친해질 수 있습니다. 도시인 가운데 자연에 무지한 이가 얼마나 많은지! 나무가 언제 꽃을 피우는지도 모르고, 씨앗이 돋아나는 것을 본 적도 없으며, 익은 과일이 시장에 나오기 전 모습을 본 적도 없고, 1년 중 수확 시기가 언제인지 전혀 모릅니다. 그들은 아름답기 짝이 없는 자연현상들을 무심히 스쳐 지나 보내는 것은 물론, 장면이 바뀜에 따라 펼쳐지는 유려한 장관을 직접 눈으로 본 적이 없습니다. 그 결과 그들이 얼마나 많은 귀한 즐거움을 놓치는지 더 이상 말할 필요가 없습니다. 자연과 함께 걸어가며 눈앞에서 1000가지 옷을 바꿔 입는 자연의 조화를 직접 경험하는 자연의 친구만이 그것이 주는 즐거움을 누릴 수 있습니다.

마지막으로 모든 장소, 모든 부분, 모든 자연경관에는 고유한 특성이 있으며, 우리는 이를 자연이 우리에게 불러일으키는 특정 감정으로 인식합니다. 자연의 풍경은 그 자체로는 매우 흥미로울 수 있으나 그 순간 자신의 감정과는 일치하지 않을 수 있습니다. 그저 우연한 기분에 따라 자연 풍경을 이러쿵저러쿵 판단한다든지, 각각의 자연물이 원래 지닌 특성에 대한 공정한 성찰 없이 그때그때의 감정에 경도되어 접근한다든지, 숭고하거나 상쾌하거나 두려움을 자아내는 자연의 면면을 자신의 편파적인 취향에 맞지 않는다고 하여 전적으로 피하기까지 한다면 자연에 대한 평가는 기만과 다르지 않을 것입니다. 또 자기 자신과 자연에 대한 지식이 부족한 탓에 시골길을 걷더라도 산책 본연이 가진 유용함을 결코 다 누리지 못할 것이고, 취향은 줄곧 한쪽 방향으로만 치우치게 될 것입니다.

{ 11 }
산

산과 계곡은 마을 주변을 장식하는 장식품이 아닙니다. 자연은 잠이 올 만큼 지루하고 단일하게 펼쳐지는 너른 평야로만 이루어져 있지 않습니다. 산과 계곡의 갖가지 형상에 우리의 머릿속은 상쾌해지며, 다양한 모습으로 나타나는 산수의 형세 덕분에 의식이 깨어나고 활력을 되찾게 됩니다.

지구의 평평한 표면을 뚫고 올라온 분출구인 산은 단순히 보기 좋으라고 존재하는 것은 아닙니다. 두더지가 파 놓은 불룩한 흙더미처럼, 매끈한 땅덩이 위에 불쑥 솟아오른 산은 사실 평평한 대지에 썩 잘 어울리는 형상은 아닙니다. 이를테면 사람 얼굴에 난 마마 자국 같은 것이지요. 비행선●에서 망원경으로 내려다보면 불룩불룩하게 올라온 모습이 생경하고 눈에 거슬리게도 느껴질 것입니다. 산은 지역이나 사람 사이의 의사소통을 방해하거나 어렵게 만들기도 합니다. 그러나 이성적 측면에서 단점이라고 판단되는 것이 미적 측면에서는 장점이 됩니다. 산은 그 높이를 통해 우리의 상상력을 끌어올리고 강렬한 풍광과 다양성으로 자연을 더욱 매력적으로 만듭니다.

우리는 하늘을 나는 새가 아니라 땅에 발을 붙이고 살아가도록 만들어진 존재이기에, 산이 땅 위에서 얼마나 기이한 모습으로 솟아 있는지 상상할 수 있을 뿐 실제로 체험하지는 못합니다. 우리가 산에서 얼마나 멀리 또는 가까이 있는가에 따라 산을 보는 우리의 감상이 달라지기 때문에 우리는 이러한 감각적 인상만을 통해 산에 대한 평가를 내립니다.

산은 마을 간 소통을 가로막습니다. 그럼에도 산꼭대기에서 아래를 내려다보면 실제로는 멀리 떨어져 있는 마을과 도시가 동화 속 이상향처럼 옹기종기 모여 있는 것 같은 착시 현상을 일으킵니다. 이렇듯 인간의 미적 상상력이 동원되면 산의 형상은 더욱 멋져 보입니다. 분명한 사실과 상상에서 발생한 즉각적인 감각

● 1783년 프랑스에서 최초의 열기구 유인 비행이 성공했으므로 여기서는 열기구를 의미한다. ─ 옮긴이

적 인식이 뒤섞이면서 원래 아주 멀리 떨어져 위치한 지역들이 서로 연결되어 보이는 효과가 나타나며, 이 효과는 우리의 상상력을 무한대로 늘려 줍니다. 에트나산[••]이 좋은 예시입니다.

산 정상에서의 경치를 감상하기 위해 산기슭에서 출발해 걸어 올라가다 보면 높이가 높아질수록 발아래 풍경이 점점 더 선명하게 눈에 들어옵니다. 주위를 둘러보지 않고 줄곧 코앞만 보고 걸어가는 사람은 시시각각 변화하는 풍광을 놓칠 것입니다. 단지 도달해야 할 목표만을 위해 애쓸 뿐, 그 목표에 도달하는 과정에서 갖가지 즐거움을 누릴 수 있다는 사실을 깨닫지 못하는 셈입니다. 여기서 걷기는 고된 일이나 단순한 육체적 운동으로 변질되어서는 안 되며, 여유로운 걸음걸이와 정신이 누리는 즐거움을 통해 그야말로 즐거운 행위로서의 걷기로 승화되는 휴식 활동이 되어야 할 것입니다. 높이 오를수록 점점 더 넓게 펼쳐지는 산 아래 광경은 다른 곳에서는 느끼지 못하는 아주 특별한 즐거움입니다.

육체를 과하게 혹사시키지 않으면서도 넓은 시야를 경험하게 해 주는 등산은 정신을 대단히 고양시킵니다. 높은 지대에서 하늘과 얼굴을 맞대고, 스스로 걸

[••] 시칠리아섬에 위치한, 유럽에서 가장 높은 활화산. — 옮긴이

으면서 발아래 엎드린 세상을 내려다보는 사람에게 뿌듯한 긍지가 생기지 않는다면 이상하지 않겠습니까? 아무리 빈약한 상상력의 소유자라 할지라도 다른 곳에서는 경험할 수 없는 온갖 모습의 사물과 풍광에 압도되지 않고는 배길 수 없습니다. 한곳에 머무르며 고정된 사물들을 오래 관찰하면 자칫 심각함에 사로잡힐 수 있고, 하나의 사물에서 다른 생각들이 연달아 꼬리를 물고 파생되는 강렬한 환상 속에 쉽게 빠져들기도 합니다. 그에 반해 볼 것이 많고 시시각각으로 다른 경관이 출현하는 산에서는 이를 소화하는 정신력도 다소 필요하지만 스쳐 지나가는 다양한 만물의 모습으로부터 경쾌한 즐거움을 느낄 수 있습니다.

산을 오를 때와 마찬가지로 산에서 내려올 때도 주위 풍경은 끊임없이 변화하는 모습을 보여 줍니다. 산을 오를 때는 넓게 펼쳐지던 풍경이 하산할 때는 똑같은 속도로 쪼그라든다는 점이 유일한 차이점입니다. 그러나 산을 오를 때 풍경이 주는 인상은 하산하는 동안 그것이 점차 사라지는 느낌보다 더 큰 놀라움을 주는데, 이는 포괄적인 시야에서 제한된 시야로 바뀔 때 우리가 이미 대상을 보아서 알고 있기 때문입니다. 만일 하산할 때도 신선한 감동을 그대로 유지하고 싶다면 올라갔던 길과 다른 길로 내려오면 됩니다. 그러나 같은 길을 반대 방향으로 걸었을 때 느껴지는 것이 어떻게 다를까 시험하고 싶다면 올라간 길을 그대로 따라 내려오는 것도 나름대로 매력이 있습니다.

그렇게 산행을 마친 뒤 산자락으로 돌아와 산꼭대기에서 내려다보았던 주변 사물을 둘러보면, 위에서는 납작하고 조그마한 모양으로 서로 조밀하게 붙어 있는 듯했던 땅 위 사물들이 자신을 둘러싼 채 크고 웅장하게 솟아 있다는 사실에 새삼스레 한 번 더 놀랄 것입니다.

{12}
계곡

계곡은 산과 접해 있기는 해도 산과는 정반대의 인상을 남깁니다. 산은 상상의 힘을 불러일으켜 몸을 지탱하고 있는 땅으로부터 우리를 해방시키는 반면, 계곡에서 만나는 사물의 모습에 나 자신을 맡기며 걷노라면 자신의 존재가 그리는 범위 안에 조용히 머물면서 어느덧 잔잔한 쾌감에 녹아들게 됩니다. 물론 음습하고 다소 으스스한 느낌의 계곡이 있는 것도 사실입니다. 그러한 계곡들은 주변 산자락과 부드럽게 어울리며 펼쳐져 그곳을 걷는 사람의 생각과 감정에 억지로 침범하지 않는 계곡이 아니라, 좌우에 깎아지른 듯 높은 산들 한가운데 깊숙하게 자리 잡은 계곡이어서 계곡 면에 자리한 여러 사물과 경치에 마음 놓고 제대로 집중할 수 없게 합니다. 이러한 계곡은 조금 특별한 종류에 속합니다. 이들은 바로 옆에 치솟은 높은 산에 견줄 수 있는데, 이러한 산과 계곡은 너무 근엄하고 웅장해서 일상적인 산책 장소로 삼기에는 적합하지 않지만 한번 들어가면 웅대하고 전율스러운 자연을 몸소 느낄 수 있기 때문에 더러는 일부러 가 보고 싶을 때도 있습니다.

저지대나 산자락 아래 평평한 곳이라고 다 계곡은 아닙니다. 에트나산처럼 구름 위로 홀로 불쑥 높이 솟은 산의 아래 풍경은 아무리 봐도 계곡이라 할 수 없습니다. 산 위에 펼쳐진 평원도 계곡의 느낌을 주지는 않습니다. 탄성을 부를 만큼 강력하게 눈에 띄는 지형이 단독으로 이루어진 풍경을 계곡이라고 부르긴 어렵습니다. 자연적으로 형성되고, 자연의 피난처로서 바깥 세상으로부터 보호받는 듯한 포근한 안정감을 주는 연속적 비탈을 우리는 매력적인 계곡이라고 일컫습니다.

대부분의 계곡을 보면 좌우면의 산비탈이 다양한 형태로 굽이쳐 뻗어 가며 때때로 좁아졌다가 넓어지기를 반복합니다. 자연은 이러한 모습으로 최대한의 다양성과 보는 즐거움을 제공합니다. 산세가 너무 높거나 험하지 않고 계곡의 폭이 너무 바특하지 않은 곳이라야 정신을 부드럽게 깨우는 상쾌한 효과를 줄 수 있어 일상적으로 산책하기에 좋습니다.

그런가 하면 넓게 펼쳐진 거대한 계곡 옆에 솟은 높은 산은 그 산이 품고 있는 계곡의 폭에 걸맞게 엄숙하고 위엄 넘치며 거대한 모습으로 존재합니다. 그 앞에 선 사람은 자신의 존재가 소멸하는 느낌을 받을 정도입니다.● 마치 산을 지키는 신령한 수호신의 거처로 창조된 듯 보이는 넓디넓은 거대 계곡에서는 고향 마을에서 느낄 수 있는 편안한 아늑함을 느낄 수 없는 데 반해, 적당히 아기자기한 계곡에서는 고향에 온 것같이 마음이 든든해집니다. 그리고 이 친숙한 느낌은 자연의 넘쳐 나는 풍요함을 편안하고 맑게 갠 심성으로 흡수할 수 있도록 마음의 자유를 선사합니다.

너무 좁은 계곡에서는 넓은 계곡에서와는 달리 시선이 무한한 곳으로 방황하지 않고 일정한 범위 안에 머물러 있을 수 있지만, 한편으로는 금방 답답함을 느끼고 질리게 됩니다. 게다가 높고 험한 바위로 둘러싸여 있다면 머리를 식히러 온 즐거운 산행이 괴로운 경험으로 전락할 수 있습니다. 하지만 이따금 이런 느낌도 충분히 감당할 수 있다면 그 또한 경외감으로 등골

● 드레스덴 주변 지역에서 이 같은 위대한 자연을 볼 수 있습니다.

이 서늘해질 수 있는 귀중한 기회가 됩니다.

특히 계곡을 둘러싼 산 한 면이 한꺼번에 솟아오르지 않고 완만한 경사를 이루는 경우 산행은 더 큰 기쁨을 줍니다. 잘레강 유역의 나움부르크 주변 지대가 이에 해당합니다. 부드럽게 상승한 비탈면 덕분에 자칫 세상과 단절될 뻔했던 계곡 면이 만천하에 드러나면서 겹겹이 이어진 반대편 산맥이 그 장대한 위용을 자랑하며 힘 있게 뻗어 나가는 인상적인 모습이 더욱 부각됩니다. 이 둘의 대조를 통해 산의 인상이 좀 더 부드럽고 편안해집니다.

계곡을 따라 흐르는 강도 보는 즐거움을 줍니다. 물살이 너무 느리지만 않다면 물가 산책은 죽은 듯한 고요함을 선호하지 않는 우리의 정서에 매우 긍정적으로 작용할 것입니다. 그러나 이 효과는 계곡물 바로 옆에서 걸을 때만 느껴집니다. 너무 크고 웅장한 강물 옆이라면 그 위압감에 주눅이 들어 자기도 모르게 마음의 자유를 잃어버릴 것입니다. 그렇지만 이웃 언덕으로 올라가 강물을 내려다보면 강바닥에서 반사되어 반짝이는 은빛 물결이 계곡을 뒤덮은 녹색과 매우 유쾌하게 대조되어 계곡을 매우 아름답게 장식합니다. 강이 굽이쳐 흐르는 모습, 또 그 옆 산이 이루어 내는 불

규칙한 배열의 조화가 매력을 더합니다.

자연을 잘 아는 사람이 아니어도 아름다운 계곡을 오르내리다 보면 즐길 거리를 차고 넘치도록 만날 수 있습니다. 산악인이 되어야만 산의 정취를 느낄 수 있는 것은 아닙니다. 그러한 능력은 개발하는 것이 아니라 느껴야만 가질 수 있습니다! 자연과 대화하려 할 때, 노련한 사상가의 시선만이 잡아낼 수 있는 숨겨진 아름다움을 푸는 능력 따위는 필요치 않습니다. 자연을 벗으로 삼으려는 이의 눈에만 보이는 자연 만물의 다양성과 풍요로움은 사람의 감각과 상상력, 마음이 자유로이 뛰놀 수 있는 마당을 열어 줍니다. 정신력을 과도하게 소진시키지 않으며 그 어떤 강제성도 없이 자연의 사물과 동질감을 느끼게 해 주고 평상심 안에 머무르게 하는 편안하고 온화한 자연 정경은, 계곡과 산이 만들어 내는 흥겨운 놀이입니다.

이러한 산행이 가능한 지역이라면 계곡에서 산으로 이동해도 좋고 반대로 산에서 계곡으로 향해도 훌륭한 산책이 됩니다. 이렇게 하면 풍경의 다채로움과 변화무쌍함에 따른 산책 자체의 즐거움이 커집니다. 그러나 산이 너무 높고 험준한 곳에서는 불편함이 동반될 수밖에 없습니다. 강이 가로질러 허리가 뚝 끊기는 계곡에서도 동선이 제한될 것입니다.

아름다운 계곡은 고대로부터 줄곧 그 명성을 이어 왔습니다. 테살리아의 템피 계곡●과 이탈리아의 유명한 계곡들을 모르는 사람이 있을까요? 캄파니아 계곡은 문학작품●●을 통해서도 그 이름을 알린 바 있습니다.

● 그리스 올림포스산 남쪽의 유명한 계곡. — 옮긴이

●● 독일의 문필가 장 파울(Jean Paul)이 1797년 펴낸 소설을 가리킨다. — 옮긴이

{13}
밭, 초원, 숲

우리가 탁 트인 야외라고 부르는 곳은 대개 밭이나 초원, 숲이 펼쳐진 곳입니다. 산과 계곡이 없는 지역에도 반드시는 아니지만 대개의 경우 밭과 초원과 숲은 어디에나 있으며, 이들은 인접한 산과 계곡에 독특한 개성을 부여합니다. 밭이든 초원이든 숲이든 우리는 그 한가운데로 걸어 들어갈 수도 있지만 그저 멀리 떨어진 곳에서 지그시 바라볼 수도 있습니다. 이 두 가지가 주는 인상은 좀 다릅니다.

밭은 여러 면에서 흥미롭습니다. 무엇보다도 밭을 이루는 요소들이 불러일으키는 즉각적인 호감 때문에 그렇습니다. 특히 봄가을에 땅을 뒤덮으며 솟아오르는 파릇한 초록색 새싹을 바라보며 우리는 흐뭇함에 젖습니다. 무언가가 새로 태어나는 광경이기 때문에 더욱 반갑게 느껴집니다. 씨앗이 뿌려진 밭은 봄에 처음으로 녹색을 띠고, 다른 초목들이 생동감 있는 녹색을 잃은 지 오래인 계절에 다시 새로운 푸름을 만들어냅니다.

봄가을, 초원과 밭은 이곳을 산책하는 사람의 눈에는 서로 각자의 길을 가는 것처럼 보입니다. 봄에 초원과 밭의 모습은 잘 분간이 가지 않을 정도로 엇비슷해서 하나의 덩어리처럼 보이지만, 가을이 되어 초원이 계절의 순환을 완료한 뒤면 밭은 다시금 푸릇푸릇한 옷을 입기 시작합니다.• 곡식이 누렇게 익어 가기 시작하는 여름에는 초원과 밭의 경계가 부드럽게 풀어져 둘은 너그럽게 서로를 얼싸안습니다.

주변이 초원이나 숲에 둘러싸여 있든 그렇지 않든 밭은 혼자만으로도 갖가지 느낌을 불러일으킬 수 있습니다. 겨울을 지내며 영근 곡물이 초록색 여름 곡물이나 각종 허브 식물과 한데 어우러져 있는 풍경이 그렇습니다. 특히 초록으로 싹 튼 밭고랑 사이에 갓 쟁기질한 흙이 드러난 밭을 조금 멀리 떨어지거나 낮은 곳에서 보면 그냥 전부가 온통 초록으로 뒤덮인 풍경보다 조화롭다는 느낌을 받습니다. 밭에서 자라는 곡물들이

• 독일 기후에 한해 해당되는 말입니다.

혼자만 튀는 색 없이 눈에 거슬리지 않고 아기자기한 조화를 이룰수록 밭 사이로 난 길을 걷는 기분은 더욱 즐거워집니다.

무성한 숲이 초원을 가운데 놓고 둘러싼 곳이 아닌, 경작지가 끝나자마자 바로 숲으로 이어지는 곳에서는 밭과 숲, 이 둘의 개성이 특히 더 잘 드러납니다. 한 곳에는 시원한 풍경이 밝은 기분으로 가득 차 있고, 다른 한 곳에서는 숲의 모습이 묵묵히 선 배경처럼 진지하고 폐쇄된 자연의 면모를 드러냅니다. 이처럼 두 가지 이미지가 섞여 있지만, 그래도 산책하는 사람의 영혼은 열린 풍경의 환한 색채를 더 먼 숲이 드리우는 깊은 색채보다 더 쉽게 감지합니다. 숲이 우거진 지역을 걸을 때는 그 반대가 됩니다. 그러므로 숲에 사는 사람들의 정서는 자신을 둘러싸고 있는 자연색의 영향을 받아 좀 더 차분하거나 우울한 방향으로 형성될 것입니다.

숲이 끝나고 펼쳐지는 초원은 숲의 안마당 격입니다. 숲의 신들을 위해 펼쳐진 듯한 초록 양탄자 위를 걷습니다. 풀로 덮인 부드러운 땅 위를 세상 편안하게 걸으니 초록빛이 눈을 즐겁게 합니다. 평평한 초원에는 이렇다 할 오락거리가 없기 때문에 우리는 자연에 대

한 주의를 흐트러뜨리지 않으면서도 가벼운 사색을 하거나 일행과 이야기를 나누며 걸을 수 있습니다.●

숲속에 폭 안긴 초원이나 초원으로 이루어진 산등성이에서, 특히 그 산의 봉우리가 나무로 뒤덮여 있을 때 우리는 낭만적인 느낌을 받습니다. 산 경사면에 위치한 푸르른 풀밭은 직접 그 위를 걸을 때보다 멀리서 볼 때 더 큰 감탄을 불러일으킵니다. 쟁기질한 밭들 사이에서 시작해 산을 감싸고 있는 초원은 마치 띠처럼 산 둘레를 감싸고 있는 듯 보입니다. 산비탈에 듬성듬성 펼쳐진 푸른 초원이나 밭은 멀리 떨어진 곳에서 보면 장기판 사각무늬와 닮아 있습니다.

숲이라고 해서 모두 낭만적인 느낌과 거리가 먼 것은 아닙니다. 잘 꾸며진 임원林苑(숲 공원)의 경우 낭만적인 숲이라 일컬을 만합니다. 고대인들은 실제로 존재하는 숲의 요소들을 넣어 임원을 만들었습니다. 우리는 작은 덤불, 짧은 관목, 버들가지 같은 것들에게서 숲을 연상하지는 않습니다. 숲이라는 것을 떠올릴 때 등장하는 이미지는 대개 신성한 어둠과 일련의 장엄함 그리고 깊은 고독을 연상시키는 길쭉하고 어딘지 모르게 으스스한 빽빽한 나무들과 뒤섞여 자라난 고색창연

● 평평한 야외를 산책하면서 나누는 대화는 독서보다 낫습니다. 걸으면서 책을 읽으면 자연을 온전히 감상할 수 없을뿐더러 산책은 더 이상 휴식이 아니게 돼 버리고 정신적 활동과 육체적 활동이 겹쳐짐으로써 고역으로 변합니다.

한 참나무 숲입니다. 우리가 만일 임원을 산책하다가 천상의 존재를 조각해 놓은 의미 있는 예술품을 맞닥뜨리기라도 한다면 상상 속에서만 그리던 가상의 고귀한 존재가 거처하는 신성한 숲의 이미지가 비로소 현실에서 완성될 수 있을 것입니다.

임원이 표방하는 고상한 이상적 정취가 아니더라도 문득 숲을 한번 걷고 싶다면 짙은 그늘을 드리운 아름드리 참나무 숲이 가장 좋습니다. 더운 여름날에는 더위를 식혀 주는 시원한 그늘이 없다면 즐거운 산책이 될 수 없습니다. 키 큰 떡갈나무의 꼭대기와 무성한 가지들, 또 그 옆에서 이런저런 잎사귀를 늘어뜨리며 자라난 가늘고 키 작은 나무들을 통해, 강력한 태양 광선에 의해 모든 물체가 하얗게 노출된 풍경이라면 표현해 내지 못할, 그늘과 빛이 함께 펼치는 온갖 형태를 얻게 됩니다.

그런데 조그마한 관목들로 뒤덮인 산 경사면을 따라 걷는다면 이러한 장점은 하나도 누릴 수 없을 것입니다. 하나씩 듬성듬성 서 있는 큰 나무 몇 그루는 사람 머리 위에 풍성한 그늘막을 만들어 주지 못할뿐더러 오히려 지나가기 어렵게 할 뿐입니다. 그러나 이런 산책이라 해도 고유한 매력이 없는 건 아닙니다. 평탄하지 않은 땅과 구불거리는 길은 비록 걷기에는 고될지 모르지만, 깊은 참나무 숲의 산책이 너무 우울하고 무겁게 느껴지는 흐리고 추운 날 또는 이른 아침이나 저녁 시간이라면 주변 자연물의 아기자기함과 눈앞에 펼쳐지는 시원한 시야가 나름의 유쾌함을 줄 것입니다.

전나무로만 이루어진 숲에도 그것만이 풍기는 매력과 편리함이 있습니다. 쭉쭉 뻗은 나무 몸통 덕분에 애써 앞을 헤치고 나아가야 할 필요가 없으며 아주 조금의 바람만 있어도 전나무 꼭대기에서 기분 좋은 바스락 소리가 납니다. 이 소리를 듣기 싫어할 사람은 없을 겁니다. 그러나 전나무 숲은 아무리 천천히 걷는다 해도 따가운 태양 빛을 잘 가려 주지는 못합니다. 어쨌든 전나무 숲은 긴 기간을 두고 산책하기에는 너무 딱딱하고 우울합니다. 멀리 떨어진 곳에서 보면 신성함이 깃든 이상적인 숲의 기운을 내뿜기 때문에 걷는 것보다는 그냥 멀리서 감상하는 것으로 만족하는 것이 좋을 때가 많습니다.

숲과 초원, 밭을 산책할 때 얻을 수 있는 즐거움을 온전히 누리려면 식물에 대해 아는 것이 중요합니다. 그러나 식물에 대한 공부를 의무나 일로 느낄 필요는 없습니다. 식물 감상을 곁들인 산책은 루소의 산책처럼 진정한 의미에서 즐거운 산책이어야 합니다. 산책을 하면서 특정 식물이나 허브 종류를 찾으려고 하거나 그것에 대한 생각에만 몰두하는 것은 좋지 않습니다. 산책을 통해 자유롭게 정신세계를 펼치고자 하는 우리의 목적에 맞지 않기 때문입니다. 식물에만 주의를 빼앗기면 그 밖의 다른 사물은 놓치고 말 것입니다. 그러나 그것과는 별개로, 우리가 걷고 있는 땅 위 수천 가지 자연의 산물에 대해 상세히 알고 있다면 산책이 훨씬 재미있어집니다. 모르면 모르는 만큼 잠재적 즐거움이 묻히고 마는 것입니다.

이제 밭, 초원, 숲의 일반적인 느낌에 대해 몇 가지만 덧붙이겠습니다. 밭의 모습은 인간의 땀과 노력 그리고 이를 바탕으로 한 가까운 미래나 먼 미래를 향한 희망을 떠올리게 합니다. 초원을 볼 때 느껴지는 보드라운 균일감은 우리에게 평온한 평정심과 무언의 만족감을 줍니다. 숲의 때 묻지 않은 음영은 우리를 그 품안에 소복이 품어 주어 자연과의 물아일체를 경험하게 합니다.

{ 14 }

자연현상•: 하루의 때와 계절 (1)

자연을 사랑하는 사람은 자연의 산물에서만 만족을 찾지 않습니다. 자연에 대한 지식과 관심이 단지 자연물에 대한 흥미에만 머무른다면 진정 자연을 사랑하는 사람이라고 자부하지 못할 것입니다. 겨울나무 같은 것은 땅에서 솟아오른 기둥 또는 뼈대일 뿐이라서 여기에 변화하는 현상이 더해져 매력과 생명이 부여되지 않으면 죽은 미라에 불과할 것입니다. 물론 이러한 현상이 지닌 각각의 특성은 단순히 설명만으로는 효과적으로 전달하기가 어렵고, 각 현상의 고유 영역에서 선별된 개별적인 예시들과 거기서 얻어진 이미지를 바탕

• 여기서 말하는 현상이란 인간 경험의 대상이나 순수한 철학의 의미가 아닌, 단순한 물리학적 덩어리로서 자연의 고체 및 정지된 산물에 반대되는 개념입니다.

으로 발전시켜야만 자연현상을 받아들이고 느끼는 자신만의 감각을 길러 낼 수 있습니다.

일반적으로 자연현상에는 두 가지가 있습니다. 매일 반복되는 현상과 1년 중 특정 기간에 매년 반복되는 현상이 그것입니다. 전자는 하루를 장식하는 지점들이자 그날을 살게 하는 정신적 원천이며, 후자는 계절을 아름답게 장식하고 자연의 주기가 진행되며 그려 나가는 장엄한 그림에 색깔을 입힙니다.

하루 중 나타나는 현상들은 자연의 위대한 빛의 공간과 생명의 순환을 이야기합니다. 하루의 변화가 가장 크게 나타나는 지점을 꼽으라면 단연코 일출과 일몰입니다. 아침과 저녁은 자연을 어둠과 죽은 침묵과 홀로 됨에서 밝은 빛과 활기찬 생명과 일상의 활동으로 이끌어 냈다가 또다시 어둠 속으로 들여 놓습니다. 해가 지면 곧 달이 떠올라 환한 빛을 비추기도 합니다. 맑게 빛나는 달은 간신히 잠들기 시작한 세상을 아쉬워하며 빛과 생명력의 후주곡을 연주하는 것 같습니다.

자연이 펼치는 다양한 장면을 관찰하는 것은 의심의 여지 없이 최상의 고귀한 즐거움 가운데 하나입니다. 자연이 하나의 상태에서 다른 상태로 넘어가는 순간을 지켜보는 즐거움, 또 그렇게 변화된 상태에 둘러싸여 있음을 깨닫는 즐거움 말입니다. 똑같은 장소에 있더라도 빛과 그림자가 벌이는 놀이에 따라 그곳이 얼마나 다르게 느껴지는지 모릅니다. 아침에는 전혀 빛이 들지 않던 곳이 오후가 되면 태양 빛에 찬란하게 빛나고, 일찍부터 햇빛이 들어오는 장소라 할지라도 시간이 지나면 아까와 같은 색을 내는 법이 없습니다. 산과 나무는 이른 아침과 저녁에 기다란 그림자를 드리우다가도 한여름 해가 높이 뜨면 거의 다 거두어들입니다. 하늘에 풍선처럼 떠 있는 연한 빛의 푹신하고 가벼운 솜털 구름부터 짙은 청회색 하늘에서 불길처럼 거세게 몰아치는 검푸른 뇌운까지, 빠르거나 느릿한 움직임의 변화를 비롯해 그 모양과 밀도의 폭은 얼마나 다양한가요. 자연에 퍼지는 마법 같은 향기와 성스러운 어둠을 통해 구름 낀 흐린 날이 얼마나 특별한 매력을 지니고 있는지 알 수 있습니다.

하루 중 다양한 시간에 산책을 하면서 자연이 가진 온갖 모습을 보는 법을 배운 사람, 즉 자연을 사랑하는 사람은 자연과 친분이 있기에 그것이 매일 어떤 다른 면을 보이든 놀라지 않습니다. 그 사람은 자신의 경험을 통해 압니다. 항상 같은 곳만을 산책하지 않고 언제나 같은 시간대에만 산책하지 않기에, 이른 아침 걸으러 나간 산책로에서 새들의 합창과 영롱하게 맺힌 이슬과 함께 하루가 서서히 눈뜨는 광경을 조용히 지켜볼 수 있는 것입니다. 그 사람은 해질녘 걷는 즐거움을 고스란히 자기만의 것으로 만들고, 작은 길과 도로에서 비로소 들리기 시작하는 살아 있는 세상의 소리들과 아스라이 멀리서 울리는 저녁 종소리를 듣습니다. 특히 해가 진 후 미적지근한 기운이 남아 있는 나른한 밤, 가까이의 산은 그것을 품은 자연의 모습을 보여 줍니다. 드러누운 산 전체가 어둠의 품안에 완전히 안길 만큼 하늘이 완전히 깜깜해지고 난 뒤 두둥실 뜬 달의 빛으로 하늘 높은 곳이 환하게 밝아지는 모습, 어두워져 아무것도 보이지 않는 낮은 지대와 대조적으로 황혼에 서서히 모습을 드러내는 높은 지대의 실루엣, 그리고 이 모든 것이 마침내 조화를 이루는 모습을 그 사람은 바라봅니다.

하지만 계절이 달라지면 날도 제각기 달라집니다. 봄날은 가을날과 다르고, 여름날은 봄날이나 가을날과 또 다릅니다. 사계절 중 어느 날도 완전히 같은 날은 없습니다. 그럼에도 이들이 보이는 일반적인 현상들에는 변화가 없습니다.

자연의 주기적 단계 중 으뜸 자리를 차지할 자격을 가진 계절은 단연코 봄입니다. 모든 계절이 각기 고유한 매력을 지니고 있다지만 봄이 뿜어내는 매력은 뭐니 뭐니 해도 기분 좋은 새로움에 있습니다. 그렇다면 용감하게 봄의 새로움을 전하는 것들에는 무엇이 있을까요? 2월의 혹독한 날에 문득 들려오는 종달새의 맨 처음 지저귐, 아직 눈으로 덮인 나뭇가지에서 올라오는 첫 봄꽃, 아직 눈 감은 채 잠들어 있는 자연에 불어오는 부드럽고 훈훈한 미풍은, 봄을 대표하는 완연한 신호들에 앞서 다가와 이제 곧 맞이하게 될 봄날에 대한 기대를 부풀려 줍니다. 우리의 기분이 더욱 고양되는 이유는 봄이 무르익고 만물을 소생시키는 숨결로 천하가 흥겨워하는 중에도 봄 바로 이전에 죽음의 계절인 우울한 겨울이 있었다는 사실을 알기 때문입니다. 그래서 봄의 새로움은 매력으로 다가옵니다. 병을 이겨 내고 난 뒤에 몸이 전보다 더 튼튼해진 듯한 느낌이 드는 것과 마찬가지로, 추운 겨울 뒤에 오는 봄의 매력을 우리가 더 즐겁게 기꺼이 받아들이는 것은 봄 자체가 가진 매력 때문이기도 하지만 그동안 계절의 감수성을 충분히 느끼지 못했던 겨울 동안의 습관이 봉인 해제된 덕분일 것입니다.

{ 15 }

자연현상 : 하루의 때와 계절 (2)

봄은 그 본성에 걸맞게 잠에서 깨어나 삶의 목적을 향해 앞으로 나아가려는 자연의 지향성을 대표합니다. 만물이 이 노력에 동참합니다. 사람도 봄이 되면 자연에서 그러하듯 다시 소생하는 것처럼 보입니다. 나무가 봄에 가장 투명하고 생동감 있고 싱그러운● 초록색을 입듯 사람은 봄에 자신의 존재를 온전히 인식하게 됩니다. 우리는 축제 때 입는 옷을 입고 등장하는 자연을 곱절로 더 강렬히 인식합니다. 이 두 가지 이유 때문에 봄에 느끼는 산책의 즐거움은 아주 특별합니다. 여름철새가 도래하고 나무는 꽃을 피웁니다. 들판에는

● 공기가 깨끗하고 안개가 없는 맑은 날에는 나뭇잎이 평소보다 더 싱그럽고 생생한 녹색을 띱니다. 이때 나무는 순수한 원소 자체로서 빛을 내는 존재 같습니다.

꽃들이 흐드러지게 피어나고 초원과 산에는 각종 약초 식물이 자라나며 나이팅게일은 운율을 넣어 지저귑니다. 푸른 초원 위에선 제비가 활기차게 날아가고, 동물들은 새끼를 낳아 품습니다. 풍뎅이는 윙윙 소리를 내며 날고, 다시 젊음을 되찾은 숲은 진한 향기를 내뿜습니다. 계절적 상승기인 봄은 자연의 명랑한 청춘기로 가득 차 있습니다. 이러한 계절에 자연의 영향 아래 살아가는 산책객은 애써 자연을 하나하나 관찰하려는 의도를 품지 않은 채 계절이 빚어 내는 그림에 그저 무심하게 자신을 내맡기고, 마침내 가장 조화롭고 아름다운 봄날의 감상을 느끼게 됩니다.

많이들 여름에는 고유한 성격이 없다고 생각하는 것 같습니다. 초원 풀 깎기나 곡식 베기처럼 대부분 인위적인 활동뿐이라 해도 여름 자체가 갖는 자연현상이 전혀 없는 것은 아닙니다. 더운 아침 녘과 저녁나절, 들판과 초원과 정원에 피어나는 각양각색의 여름 꽃들, 나무 열매와 과실과 곡식이 익어 가는 모습, 농후한 진초록으로 변한 잎사귀들과 점점 색을 띠며 익어 가는 곡식의 낟알들을 통해 자연은 결코 제자리에 멈춰 있지 않다는 것을 보여 주며 봄과는 확연한 차이를 만들어 냅니다. 변화무쌍한 자연 속을 즐겨 산책하는 사람이라면 봄과의 이런 차이를 알고도 남을 터입니다. 클로프스톡[●]은 이렇게 읊었습니다.

눈뜨는 오월은
여름밤보다 아름답다
빛처럼 밝은 이슬이 곱슬머리에서 방울져
떨어져 내리고
언덕을 붉게 물들이며 5월이 온다

그렇지만 자연에 익숙하고 산책을 즐겨 하는 사람일수록 여름이 갖는 고유의 특성을 부정하지 않을 것입니다. 자연을 느끼며 산책하는 사람은 여름이 봄의 연장선상에 있으며 봄이 불러온 것을 변화시키고, 농익게 하고 성숙시킨다는 것을 너무나 잘 알고 있습니다. 보리수 꽃, 라일락, 인동나무 꽃, 물망초, 타임 꽃, 장미, 스톡, 카네이션은 봄이 무르익고 나서 피는 늦깎이 꽃들입니다. 여름이 깊어 갈수록 새들은 이전보다 덜 울고 활기도 조금 빠진 느낌이어서, 봄의 힘찬 생명력이 삼라만상에 퍼져 가는 모습은 이제 잦아든 듯 보입니다. 익어 가는 곡식의 희끄무레한 색과 나뭇잎의 짙푸른 녹색은 엄숙한 얼굴로 봄의 활기찬 용모를 대

● Friedrich Gottlieb Klopstock, 1724~1803, 독일의 시인. ―옮긴이

체합니다. 여름 고유의 성격이 희미하다는 것은 무엇보다도 여름에 해당하는 알레고리적 그림을 그리기 어렵다는 것을 의미합니다. 다시 말해 여름은 자연을 모든 생명의 최절정으로 끌어올리지만(물론 예외도 존재합니다), 그것만으로는 여름만의 특성을 묘사하는 우의적 이미지를 만들어 내기 어렵다고 하겠습니다.

반면 가을에 대한 이미지를 그려 내는 일은 쉽습니다. 우리의 상상력이 봄으로부터 부활이라는 개념을 자동적으로 이끌어 내듯● 가을은 거의 무의식적으로 죽음과 덧없음에 대한 연상으로 이어집니다. 나뭇잎의 퇴색과 죽음, 마침내 낙엽이 되어 떨어진 후 썩어 가는 과정, 아침저녁으로 쌀쌀해지는 공기와 궂은 날씨는 임박한 죽음의 잠을 예고합니다. 하지만 가을 풍경에 대한 우리의 절실한 관심이 감각적이기보다는 이론적이며, 현실에서 직접 눈으로 보는 광경보다는 계절과 관련된 이미지에서 연상되는 이성적 사고로부터 나올 때가 많다는 점을 구태여 길게 증명할 필요는 없을 듯합니다. 가을에는 오감으로 느껴지는 봄의 즐거운 매력 같은 것은 없습니다. 가을의 자연은 관념적 이미지

● 따라서 봄의 이미지가 더 감각적이고 가을의 인상이 더 이상주의적이라는 것은 맞는 말입니다. 봄이 부활과 부흥을 연상시키는 건 사실이지만 가을이 죽음과 덧없음으로 연상될 때의 무의식적이고 자동적인 연상은 아닙니다. 봄에서 연상되는 이미지는 봄에 나타나는 직접적 자연현상에서 나온 것입니다.

를 통해 더욱 확고하게 인식됩니다.

자연이 다양한 상황에서 끊임없이 변화한다는 것을 배우지 않는 사람, 자연이 가진 중대한 면면이 낯설게만 느껴지는 사람, 자연의 무심한 영혼에 자기 자신을 오롯이 맡김으로써 자기 모습을 찾으려는 시도를 해 본 적이 없고 그리하여 계절이 주는 느낌을 진정으로 인식하지 못하는 사람, 과연 우리는 이런 사람을 오감과 애정으로 자연을 품안에 받아들이는 자연의 친구라고 부를 수 있을까요? 톰슨 아니라 그 누구라도 그 사람의 부족함을 메울 수 없을 것입니다! 자연은 이런 사람의 마음에 그 어떠한 영향도 주지 못했을 테지요. 그런데도 자연이 주는 혜택을 누리고 싶어 한단 말입니까? 사실 이렇게 타락한 사람들은 자기가 무엇을 잃어버렸는지조차 알지 못합니다. 이들은 노랫소리로 새를 구별할 줄 아는 이나 철새 또는 가을의 거미줄에 관심을 보이는 이를 보며 비웃는 소인배들입니다. 그러나 이렇게 함으로써 이들은 오히려 자신의 기형적 모습을 드러냅니다. 자연의 친구는 추운 겨울에도 여전히 집 밖을 산책하며 자연을 즐기지만, 저들은 미지근한 소나기가 내린 후 공기 중에 엷게 퍼진 싱그러운 향취에 그 어떤 순수한 관심도 보일 줄 모르는 이들입니다.

{ 16 }
자연에 느낌 부여하기

자연과 만났을 때의 모든 이로운 점을 얻어 내려면 자연을 알고 이해하려는 생각으로 걷는 것도 중요하지만, 걸을 때 느껴지는 자신의 감정에 좀 더 깊이 주의를 기울이는 태도도 중요하게 생각해야 합니다. 자연에 대한 이해를 통해 지식이 쌓이는 건 맞을지언정 이러한 지식의 축적은 우리가 자연에 의도적인 관심을 쏟은 결과이기도 합니다. 그런데 우리가 스스로의 감정 및 마음과 대화하려면 우리가 만나는 자연물이 우리의 감각 능력, 감각의 본성과 조화를 이루어야 합니다. 우리의 감정과 자연이 서로 매우 다양한 관계를 만들어 내며 자연이 감정의 모든 색과 높낮이에 관여한다는 것은 모두가 잘 아는 사실일 겁니다. 조화로운 방식으로 자신의 감정을 조절하고 마음 활동을 하려면 자신의 감정 자체에 대한 지식뿐만 아니라 자연의 모든 요소와 각각의 대상에 대해서도 알 필요가 있습니다.

산해진미도 습관처럼 매일 먹다 보면 그 맛을 느끼지 못하게 된다는 것을 아는 사람은, 산책을 할 때도 최대한 다양하게 변형해 보려고 시도할 것이기에 자연과 다채롭고 입체적인 관계를 쌓아 나갈 수 있습니다. 관찰자가 올바른 평정심을 유지해야만 비로소 즐길 수 있는 자연 요소가 존재한다는 것, 자연에는 오직 편견 없는 동심의 소유자에게만 그 부드러운 속내를 내보이는 사물도 있다는 것, 그런가 하면 어떤 자연물은 자신의 쾌활하거나 어두운 특성을 결코 저열하거나 경박한 사고방식의 소유자에겐 드러내지 않는다는 것, 우울한 경관을 가진 장소는 쉽게 우울해지는 사람들을 더 깊은 우울감에 빠지게 한다는 것 등을 아는 사람은 자신이 처한 상황에 따라 어떠한 성격의 자연을 더 잘 즐길 수 있는지 어렵지 않게 판단할 수 있습니다.

개별 자연물도 마찬가지입니다. 자연이 스스로 말할 수 있도록 이끌어 내는 법을 배워야 합니다. 나무를 보고도 아무것도 느낄 줄 모르는 사람, 자연물을 보고도 스스로의 감흥을 일깨워 내지 못하는 사람, 자연에 집중하지 못하는 사람은 아름다운 것을 보고도 본 줄을 모르기 때문에 아름다운 자연을 앞에 놓고도 반쪽짜리 감상에 그치고 마는 것입니다. 가늘게 쭉쭉 뻗은 자작나무와 가늘게 떠는 사시나무 가지는 그것을 감상하는 인간의 성정과 연결되어 특정한 감성을 불러일으킵니다. 우리는 의식하지 않을 때에도 항상 자연과 인간을 끊임없이 연결시켜 해석하는 경향을 띱니다. 이를 발전시키고 의식의 세계로 끄집어내는 행위는 자연을 감상하는 우리의 능력을 끌어올리고 더욱 다면적으로 만들어 줍니다.

그러나 특정한 자연물이 반드시 어떤 특정한 감흥을 불러일으켜야 한다는 법은 없으며, 감상하는 사람의 개인적인 느낌과 개성에 따라 그때그때 감흥이 생겨나기도 합니다(예를 들어 떨리는 사시나무를 기질이 여린 사람의 불안한 심리 상태로 해석하는 것). 이러한 재미 또한 자연과의 교류 속에서 생겨나는 것입니다. 특히 야외에서 사람들과 어울려 산책할 때 각자의 감흥에 대해 이야기하는 것은 즐거운 일입니다. 자신의 감상, 섬세하고 세련된 흥취, 재치 있는 연상 작용에 대해 서로 대화를 나누다 보면 분위기는 밝아질 것입니다. 그러나 자연물과 자신의 관계에서 느끼는 정서가 본질과 너무 동떨어지도록 멀리 나가 버리거나 그 관계에만 몰두하는 것은 좋지 않습니다. 만일 그렇게 된다면 자연은 그 존엄성에 반하여 역겨운 농담의 대상으로 추락하고 말 것입니다.

있는 그대로의 자연은 결코 농담과 풍자의 대상이 될 수 없습니다.● 농담은 위장된 농담일지라도 항상 일종의 놀림이며, 싱거운 얼간이들만이 자연을 상대로 농담을 합니다. 그런 농담은 아무 의미도 없습니다. 자연은 인간의 영역과 겹치는 곳에서만 얼마간의 농담을 허용합니다. 따라서 원숭이의 장난질이나 얼굴 표정은 그것이 너무나도 사람의 것을 떠올리게 할 정도일 때만 농담의 대상이 될 수 있습니다. 무생물에 대한 농담도 실제로 자연 자체에 대한 놀림이 아니라 인간에 빗대어 간접적으로 풍자한 것이라면 잘못되었다고 할 수 없습니다. 가지가 잘려 나간 나무를 보고 웃을 때, 즉 교육과 제도에 의해 깎이고 잘린 인간의 이미지를 떠올리며 쓴웃음을 짓는 경우가 바로 그렇습니다. 자연과 인간의 정확한 차이를 알지 못하더라도 걱정할 필요는 없습니다. 자신의 감정에만 충실하다면 그리고 자연스럽게 형성된 올바른 정서를 가졌다면 누구든 이

● 오직 자유 존재로서의 인간만이 농담의 대상이 될 수 있습니다. 반면에 준엄한 불가결적 자연은 그렇지 않습니다.

점에서 크게 잘못할 일은 없을 것입니다.

산책하는 사람의 마음 상태는 각양각색일 수 있지만 자연에서라면 쉼과 움직임은 둘 다 똑같이 좋습니다. 쉼과 움직임 사이를 넘나드는 것만으로도 만족스럽습니다. 화창한 날씨가 오랫동안 지속되면 문득 구름 낀 차분한 하늘이나 비바람이 생각나듯, 평화롭고 고요한 쉼이 계속 이어지면 변화가 기다려집니다. 폭풍은 자연에 생기를 불어넣고, 생기가 불어넣어진 삶은 우리의 감각을 자극합니다. 강풍이나 미풍을 맞으며 걸으면 자연의 강력한 힘이 퍼져 나가는 듯한 활기를 온몸으로 느낍니다. 안전하게만 걸을 수 있다면 산과 계곡, 들판과 숲 어디든 걸을 수 있는 기회를 놓치지 않아야 자연이 주는 여러 종류의 생기를 받을 수 있습니다. 싹 튼 작물이 바람에 흔들리는 모습이 얼마나 보기 좋은지, 또 나무 꼭대기가 폭풍우를 맞아 휘어지는 모습이 얼마나 그림 같은지 모릅니다. 고요할 때조차 미세한 산들바람에 키 큰 포플러 잎사귀가 바스락거리는 소리를 들으면 자연 한가운데 있는 생명의 힘이 그곳을 걷는 사람의 가슴에 고스란히 전해집니다.

그러나 너무 오래 지속되는 심한 비바람은 산책객에게는 달갑지 않습니다. 폭풍은 항상 자연에게도 또 인간에게도 폭력적인 존재입니다. 역동적으로 뒤섞인 자연은 차분하게 가라앉았을 때와는 달리 본래의 모습을 보이기 어렵습니다. 천둥·번개가 오기 전의 폭풍은 나름대로 흥미롭습니다. 일반적으로 자연에서는 죽은 듯이 고요하다가 돌연 폭풍과 같이 비정상적으로 강력한 움직임이 일어나고, 또 언제 그랬느냐는 듯 곧바로 이전의 고요한 상태로 돌아가기 때문입니다.● 복잡한 인간사와 생업을 둘러싸고 일어나는 잡음에 상심했을 때, 큰일을 겪어 내며 마음이 어지럽혀졌을 때, 중병에서 회복하고 난 후 쇠약해진 몸이 심한 운동을 피하며 안정을 취하듯 자연의 품에서 쉬는 것은 인간의 정서에 가장 들어맞는 행위입니다.

그런데 자연과 자기 자신의 감정을 서로 가까워지도록 하려면 감정 상태에 따라 원하는 자연을 선택해 감상하는 것 말고도 다른 방법이 있습니다. 감정을 자연에 맞추는 것이 바로 그 방법입니다. 이를테면 수영을 통해 몸을 편하게 만드는 것처럼 말입니다. 수영을 하고 나면 기분이 더할 나위 없이 상쾌해집니다. 물속에 들어갔다 나오면 세상 만물이 새 옷으로 갈아입은

● 멀리 지평선 근처에서 펼쳐지는 광범위한 비바람은 실로 장관입니다. 바깥에 나가서 보아야만 이 장관을 제대로 감상할 수 있습니다. 먼 곳에서 몰려왔다가 다시 밀려가는 비구름을 구경하며 조금 떨어진 곳의 산이나 언덕을 걸으면 장엄한 감동을 느낄 수 있습니다.

듯 영롱한 빛으로 반짝거리고, 모든 사물이 더 순수한 빛으로, 더 신선한 형태로 다가와 쾌락을 추구하는 사람에게 가장 쾌활한 기분이 느껴집니다. 자연 속을 걷고 난 후 물에 들어가 헤엄을 치고 나면 밥벌이와 인생살이에 대한 근심이 달아나고 몸이 개운하게 풀리니 자연을 걷고자 하는 이에게 이보다 더한 의욕을 불러일으키는 것은 없습니다. 다른 모든 것을 다 잊게 하는, 자연 자체에 깃든 아름다움과 숭고함이 길을 걷는 이의 영혼에 얼마나 큰 작용을 하는지! 다음에 묘사된 도베란●● 인근의 일몰 광경이 바로 이러한 종류의 자연일 것입니다.

> 이곳에서 보는 맑은 날의 일몰은 아름답고 장엄하다. 서쪽 바다 전체가 빛을 발하는 것 같고 보드랍기 짝이 없는 바다색은 같은 색의 수평선으로 녹아들 듯 합쳐져 더 이상 경계를 구분할 수 없을 정도다. 멀리 가는 배는 착시 현상 때문에 공중에 떠 있는 것처럼 기묘하게 보인다.●●●

●● 북독일의 바닷가 도시. — 옮긴이

●●● 럭셔리 & 패션 저널, 1월호 1801 S.18.

{17}
산책의 물리적 조건

몸을 움직이는 행위에는 물론 산책 말고도 여러 가지가 있습니다. 걷기가 건강에 유익한 것은 사실이지만, 산책의 의미는 몸을 움직인다는 데에만 있지 않습니다. 산책의 진짜 핵심은 정신입니다. 정신이 텅 비었거나 생각이 너무 둔한 사람이 많습니다. 이들은 산책을 한다면서 그저 두 다리만 앞뒤로 움직입니다. 이래서는 움직이는 기계와 조금도 다를 바가 없습니다. 몸을 움직이는 것이 곧 산책은 아닙니다. 필요조건임에는 틀림없지만 그저 육신만 움직인다면 힘듦과 고통밖에 따르지 않을 것입니다. 산책이 지향하는 (정신적) 목적을 충분히 달성하는가 아니면 목적과는 다른 방향으로 엇나가는가 하는 것은 신체의 움직임이 그 목적에 적절한지 부적절한지에 따라 판가름 납니다. 따라서 이제 산책에 유리한 물리적 조건들에 대해 이야기해 보아야 할 듯합니다.

사실 몸이 아픈 사람은 걷기를 즐기기 어렵습니다. 그들의 걷기는 산책로나 대자연이 주는 자극을 마음에 담아 이를 통해 신체를 치료하려는 노력이라는 데 의미가 있습니다. 걷는 동안 몸에 느껴지는 불편한 감각이 그대로 의식에 전해지면 의식은 산책에 꼭 필요한 내적 자유로움을 누리기 어렵습니다. 아주 짧고 가벼운 움직임에도 기력이 소진되는 느낌이 든다면, 몸이 마음을 단단히 가두고 있어 즐겁고 자유롭고 싶은 산책의 목적을 달성하기 어려운 것입니다.

건강이 무너진 사람이 즐거운 산책을 향유하기 어렵듯, 건강한 사람일지라도 바람직하지 않은 방식으로 걷기를 계속할 경우 몸에 좋지 않은 결과를 얻게 되고 산책에서 유익한 점을 취하기 어려워질 것입니다. 우리는 누구나 체력에 한계가 있으며 이는 개인마다 다 다릅니다. 튼튼한 남성이라면 몇 번이고 왕복 가능한 거리라도 가녀린 여성에게는 힘겨울 수 있습니다. 주로 앉아서 생활하고 체력을 단련하지 않는 사람들은 걷기 한 번으로 완전히 지쳐 버릴 수 있습니다. 몸이 이렇게 힘들면 감정 상태에까지 영향을 미쳐 마음의 자유를 해칩니다.

물론 얼마나 걸어야 지치는지는 사람마다 다르며 우리 모두는 자신에게 적당한 정도를 경험으로 알고 있습니다. 그러나 꼭 개개인에게 물어봐야만 일반적으로 모든 이에게 적용할 수 있는 산책의 일반적 권장 수준을 정할 수 있는 건 아닙니다. 걷는 거리와 관련해서도 사람 사이의 편차가 아주 크다고 보기는 어렵습니다. 몸에는 아직 힘이 남아 있지만 거리가 너무 길어져 재미가 떨어지거나 집중력이 분산되면, 남은 거리를 억지로 다 걷기는 무리이므로 그만 걸어야 합니다. 걷기의 일반적 규칙은 정신이나 육체 둘 중 하나라도 무리하게 될 경우 산책을 중지한다는 것입니다.

우리가 좀 더 주의를 기울여야 할 점은 너무 빨리 걷지 않아야 한다는 것입니다. 그러나 이를 망각하는 사람이 많습니다. 특히 오가는 대화에 정신이 온통 팔려서 걷다 보면 자기도 모르게 걸음이 너무 빨라지는 실수를 저지르게 됩니다. 주변 자연도 눈에 들어오지 않습니다. 사실 이 상태는 자신이 금세 알아차릴 수 있습니다. 급하게 발걸음을 옮기다 보면 자기 자신과 주변 풍광에 전혀 집중하지 못했다는 사실을 어느 순간 문득 알아채게 될 것입니다. 그러나 이 순간이 오면 이미 다소 늦은 것입니다. 적절한 산책은 몸이 너무 뜨거워지거나 녹초가 될 때까지는 걷지 않는 것입니다. 아무것도 못 할 정도로 지친 몸의 감각이 주의력을 앗아가 그 자리를 대신 차지하고 말 겁니다.

원래 저녁 식사 직후에는 절대 산책을 하면 안 됩니다. 소화에 바쁜 몸이 걷기까지 하려면 큰 부담을 느낄 테니까요. 저녁 식사 직후 산책은 건강한 사람의 경우 겉으로 드러날 정도로 그리 큰 불편감을 야기하지는 않습니다. 그렇지만 마음은 몸에 아주 많이 의존하고 있기에 식후 아무런 신체의 영향을 받지 않고 자유롭게 자연과 사교를 즐기기는 어렵습니다. 정원 등 야외에서 식사를 할 때에도 식후 곧바로 자리를 떠서 산책을 나가는 것은 그리 바람직하지 않습니다.

잘 알려진 바와 같이 점심 식사 전이 산책하기에 가장 좋은 시간입니다. 점심 식사 후 산책도 나쁠 것은 없습니다. 다만 점심 식사 전은 계절에 관계없이 걷기 좋다는 장점이 있습니다. 각기 뚜렷한 개성을 지닌 봄·여름·가을·겨울이지만 이 점에서는 비슷합니다. 유일한 차이점은 태양이 가장 뜨겁고 눈부신 여름에 한낮 산책을 하고 싶다면 그늘진 장소, 가로수 길, 공원 또는 숲이 우거진 지역을 선택해야 한다는 것입니다. 이를 망각할 경우 자칫하면 잠깐 걸었을 뿐인데도 열이 오르고 피로가 몰려옵니다. 이것은 별로 피곤하지 않은 상태로 식사에 임하는 것보다 훨씬 몸에 해롭습니다.

여름에 심신에 가장 유익한 산책은 피곤해지지 않을 정도의 가벼운 아침 산책입니다.● 밤새 수면으로 몸은 생기를 듬뿍 머금어, 걸으면서 마주치는 주위의 모든 것을 흠뻑 받아들일 준비가 되어 있습니다. 그날 해야 할 일과 일상의 걱정은 뒤로 미뤄도 됩니다. 더군다나 이른 여름의 아침은 하루 중 가장 아름다운 때입니다. 여름에는 저녁 산책도 참 좋습니다. 몸과 마음에 활력을 불어넣어 주니까요. 한낮의 더위가 한풀 사그라진 터라 쉽게 지치지 않고, 시원한 바람이 불어와 기분은 더욱 좋아집니다.

● 만물이 다시 깨어나는 봄철에도 산책 후 쉽게 피로해집니다. 이런 면에서 초봄보다 걷기 좋은 계절은 가을이라고 할 수 있습니다. 그러나 약간의 불편함과 피곤함이 따르더라도 어쨌든 아름다운 계절과 시간대를 온전히 향유하는 것이 옳지 않을까요?

옮긴이의 말

지금처럼 걷기가 모든 이의 사랑을 받는 운동이자 여가생활이 되기까지는 나름대로 역사가 있었습니다. 이 책을 쓴 카를 고틀로프 셸레는 1777년 독일에서 태어나 1800년 왕립 교육원 교수가 된 언어학자이자 대중철학자입니다. 18세기 후반은 유럽에서 계몽주의가 농익어 마지막 꽃을 피울 때였습니다. 관념적 사유를 벗어나 생활의 모든 대상을 철학적 사고의 재료로 삼으며, 철학은 일상과 밀접히 연결되어야 비로소 의미 있다는 생각을 기반으로 대중철학 또는 생활철학이 싹터 조금씩 반향을 일으키기 시작할 무렵이었죠. 보통 사람들 사이에서는 일상생활의 여러 주제에 관한 철학적 사유를 배우는 것이 하나의 문화로 자리 잡았고, 사람들은 이를 통해 지식과 교양을 쌓을 수 있었습니다. 특히 셸레는 걷기에 주목했습니다. 그때까지만 해도 그저 두 다리를 움직여 장소를 이동하는 행위였던 '걷기'를 의미 있는 '산책'의 차원으로 끌어올리려 한 거죠.

우리나라와 마찬가지로 당시 유럽 귀족 계층은 걷기를 싫어하며 경시했습니다. 주요 이동수단은 마차였고, 불필요하게 걷는 것을 시간낭비이자 천한 것으로 여겼습니다. 그런데 프랑스에서 새로운 유행의 바람이 불기 시작했습니다. 한가롭게 거닌다는 뜻을 가진 플라뇌르flâneur, 산책 또는 산책길을 뜻하는 프롬나드promenade가 최신 유행의 탄생지 파리에서 상류 계층과 신흥 시민계급의 호응을 얻기 시작한 겁니다. 파리는 언제나 문화의 중심지이자 최전방이었습니다. 파리 시민의 문화·관습·옷차림은 다른 유럽 도시민들의 관심과 선망의 대상이었죠. 그 와중에 '걷기'가 유행처럼 번지게 된 데에는 유럽 도시에 공공정원이나 도시 공원, 산책로의 건설과 정비가 이루어진 덕이 큽니다. 누구나 걸을 수 있는 산책로와 잠깐 앉아서 쉴 수 있는 카페가 도시에 늘어나면서 상류층과 일반 대중의 활발한 접촉이 가능해진 거죠. 도시인들은 지위의 높고 낮음을 떠나 자기 자신을 남에게 보여 주고 또 남을 구경하면서, 주위에 조성된 자연물이 주는 계절의 아름다움을 누렸습니다.

이렇게 보니 지금의 걷기와 크게 다를 것이 없습니다. 우리도 마음만 먹으면 당장 동네 한 바퀴를 돌 수 있고, 가까운 하천변으로 나간다든지 이른바 '핫'하다는 동네를 찾아 인파 속을 떠밀려 가는 색다른 즐거움을 누릴 수도 있으며, 시간이 허락할 때는 좀 더 멀리 움직여 산이나 계곡에서 하이킹을 즐기기도 합니다. 셸레는 도시에서는 익명이 주는 즐거움을 누리고 자연에서는 산천초목이 주는 계절감을 충분히 만끽하라고 이야기합니다. 그가 말하는 산책의 궁극적 효용은 걷기를 통해 자기를 옥죄던 걱정과 긴장에서 벗어나 새로운 활력을 얻는 것입니다. 250여 년 먼저 태어난 유럽 철학자가 내놓는 고풍스러운 조언이 시공간을 뛰어넘어 지금 우리에게 여전히 유효하다는 점이 놀랍고 신기합니다. 또 한편으로 당시 유럽인들이 인식한 도시 풍경, 자연의 미학, 인간관 등은 지금 우리에겐 오히려 신선하게 느껴질 만한 구석이 있습니다.

이 글을 쓰는 지금은 벚꽃이 막 지고 철쭉이 피어나기 시작한, 셸레가 찬양해 마지않은 봄 한가운데입니다. 더구나 운 좋게도 저는 고향에 와 있습니다. 오래된 궁궐이 보이는 서울 시내 구시가지 한복판이지만 마을버스를 타고 몇 정거장만 가면 포근한 산이 있고 시원한 계곡이 있죠. 산 정상에 이르는 길엔 나무 계단과 산책로가 잘 정비되어 있기에 걸어서 못 갈 곳이 없습니다. 창밖 거리에는 젊은이, 어르신 할 것 없이 사람들이 저마다의 언어로 이야기를 나누며 활기차게 걸어갑니다. 잠시 독일에 있는 집을 떠올려 봅니다. 독일 남부 소도시에 있는 작은 집에서 몇 걸음만 내딛으면 작은 숲과 호밀밭, 옥수수 밭을 볼 수 있고, 그 사이사이에 작은 산책로가 나 있어 코로나19 팬데믹이 극성이던 시기에도 들풀과 호밀, 청보리, 나무와 꽃으로부터 고마운 위로를 받을 수 있었습니다. 굳이 현대 뇌과학이나 운동학 연구 결과를 인용하지 않아도 경험으로 알 수 있습니다. 걷기가 내게 무엇을 가져다주는지.

이제 이 글을 마치면 밖으로 나설 참입니다. 봄 내음과 비스듬히 내리쬐는 햇살, 빵집에서 흘러나오는 버터 냄새, 간판들과 길 안내 표지판, 지하철과 버스에 오르내리는 사람들 틈에서 셸레가 말한 대로 '무심히' 길을 걸을 테지요.

2024년 5월

문항심

산책하는 법
: 걸으면서 되찾는 나에 대한 감각

2024년 7월 14일 초판 1쇄 발행

지은이 카를 고틀로프 셸레
옮긴이 문항심

펴낸이 조성웅
펴낸곳 도서출판 유유
등록 제406-2010-000032호(2010년 4월 2일)

주소 경기도 파주시 돌곶이길 180-38, 2층 (우편번호 10881)

전화 031-946-6869
팩스 0303-3444-4645
홈페이지 uupress.co.kr
전자우편 uupress@gmail.com

페이스북 facebook.com/uupress
트위터 twitter.com/uu_press
인스타그램 instagram.com/uupress

편집 김은우, 김유경
디자인 이기준
조판 한향림
마케팅 전민영

제작 제이오
인쇄 (주)민언프린텍
제책 라정문화사
물류 책과일터

ISBN 979-11-6770-093-3 03850
979-11-85152-36-3 (세트)